POÉSIES

DIVERSES.

Je déclare contrefait tout Exemplaire qui ne sera pas revêtu de ma signature.

C. L. Hollerant

POÉSIES

DE

C. L. MOLLEVAUT.

PARIS.

IMPRIMERIE DE J. L. CHANSON,

RUE DES MATHURINS, N° 10.

1813.

TABLE.

POÉSIES DIVERSES.

ÉLÉGIE

SUR LA MORT DE MA SOEUR.

Toi, mon refuge en mes malheurs,
Si ta fidèle voix a pour moi tant de charmes,
Lyre, partage mes douleurs,
Et, plaintive, ouvre encor la source de mes larmes.
Ma sœur, hélas! ma sœur n'est plus!
Modèle des chastes vertus,
Ma sœur, ange d'amour et de pure innocence,
Dont les soins si touchants, aux portes du tombeau,
De mes jours presqu'éteints rallumaient le flambeau,

Et versaient dans mon cœur la crédule espérance.
Ma sœur, hélas! ma sœur n'est plus!
La Parque a moissonné cette rose brillante :
Au moins la fleur chère à Vénus
Sourit plus d'un matin sur sa tige odorante,
Le ruisseau dans la plaine achève en paix son cours,
Philomèle nourrit le fruit de ses amours;
Toi, tu n'as point nourri ta fille infortunée :
Ta fille, dernier fruit d'un trop court hyménée,
N'aura jamais connu ton sourire si doux,
Appelé tes baisers de sa bouche innocente,
Et folâtré sur tes genoux.
Si j'avais pu du moins, à ton heure suprême,
Serrer, couvrir de pleurs ta défaillante main;
Si ton regard mourant m'eût dit encor : Je t'aime;
Si j'eusse recueilli ton âme dans mon sein;
Mais sur le rivage barbare
Où m'enchaîne un fatal destin,
Où cette renommée avare
Nourrit de tant de pleurs un laurier incertain,
Ton trépas imprévu, comme un trait du tonnerre,
Frappa mon cœur : soudain je tombai sur la terre;

Je n'osais ni rester, ni fuir;
Seul, j'ai rempli de cris ma vaste solitude;
Seul, j'ai poussé sans cesse un déchirant soupir,
Et, dans mon mortel déplaisir,
Rompu de mes travaux l'inflexible habitude.
Le monde, les déserts, le repos et l'étude,
Je n'ai pu rien souffrir;
Je ne savais, hélas! que pleurer et gémir;
Je demandais au Ciel le bienfait de mourir!
Mais, mon père, ton fils se doit à ta vieillesse.
Tu m'appelles : soudain mon amour filial
Vole s'unir à ta tristesse,
Et pleurer avec toi près du foyer natal.
Triste retour! affreux voyage!
Oh! comme la douleur flétrit tous les objets!
Nancy, qu'est devenu ton charmant paysage?
Tes bois au front riant sont changés en cyprès;
Ce fleuve paternel, ces pompeux édifices,
Le pampre des coteaux, le parfum des bosquets
Où l'Amour m'enivra de ses chères prémices,
Où le Pinde sourit à mon premier concert,
Tout a laissé mon cœur désert;

Tout s'offrait à mes yeux sous de cruels auspices;
Malheureux! sur ce triste bord,
Tout s'est voilé pour moi du crêpe de la mort.
J'entre, silencieux, sous le toit de mon père :
O spectacle plus déchirant!
Le front pâle, accourt un enfant;
Il m'embrasse et me dit : Ah! je n'ai plus de mère!
Sa sœur presqu'au berceau, se traînant sur ses pas,
Jette à mon cou ses faibles bras,
Sur moi verse une larme amère,
Me regarde, et bégaie : Ah! je n'ai plus de mère!
Elle vit, chers enfants, son âme est près de nous;
La mort donne aux vertus une vie immortelle;
De la Vierge sacrée embrassant les genoux,
Votre mère l'implore; et son amour fidèle
Du haut des cieux veille sur vous.

LA NAISSANCE DES FLEURS,

POEME

COURONNÉ PAR L'ACADÉMIE DE LIÈGE.

DÉJA sur les traces des heures
Apollon d'un rapide élan
Franchit les profondes demeures
Où dort l'immortel Océan.
L'éclat de la nue enflammée,
Présage d'un riant matin,
Annonce à la terre charmée
La marche de son Souverain.
Ceint d'un superbe diadème,
Il s'élève au trône des airs,
Et soudain sa splendeur suprême

Étonne et remplit l'univers.
Écoutez, sous les rameaux verts,
Des oiseaux la douce harmonie
Fêter le père de la vie,
Ranimant leurs tendres concerts.
L'amour seul encore sommeille ;
Mais du jour la vive clarté,
Trop indiscrète, le réveille
Sur la bouche fraîche et vermeille
Où mourut dans la volupté
Le dernier baiser de la veille.
Il soupire, il fuit la beauté,
Et seul regrette la nuit sombre :
Cet enfant, dans sa nudité,
Aime à se voiler d'un peu d'ombre.
Ah ! ne crains pas un seul moment ;
Amour, viens dans ce frais bocage :
Vois son mystérieux feuillage
Vers toi s'incliner mollement,
Et t'offrir un nouvel ombrage
Où puisse ta pudeur sauvage,
Sans honte, expirer doucement.

Dispersant les pleurs de l'Aurore,
Qui de son réseau délicat
Enlace la pourpre de Flore,
Et réfléchit son jeune éclat,
La Nymphe, sous cette verdure,
Déjà se couronne de fleurs :
Le seul luxe de sa parure
Est d'en assortir les couleurs.
O fleurs! familles innocentes,
Beautés sans cesse renaissantes,
Dont les amours voluptueux,
Ombragés par de riches tentes,
En se cachant sont plus heureux ;
Vous qui dans la nuit solitaire
Épurez l'encens immortel,
Qu'à son brillant réveil la terre
Toujours offre en hommage au Ciel :
O fleurs! déployez vos calices,
Élancez vos souples rameaux,
Courbez-vous en riants berceaux,
Penchez-vous sur ces précipices,
Cachez le front de ces créneaux,

Souriez à ces frais ruisseaux,
Et soyez toujours nos délices,
Comme sous mille aspects nouveaux
La beauté plaît dans ses caprices.
Filles du jour, pourquoi gémir?
Un matin efface vos traces,
Un seul vous voit naître et mourir;
Mais vous naissez pour le plaisir,
Et mourez sur le sein des Grâces.

Quand l'éclat de votre beauté
N'affranchissait pas la nature
De sa triste uniformité,
En vain, fière de sa parure,
La terre étalait ses forêts,
Et ses longs tapis de verdure,
Et l'or flottant de ses guérets;
Tous ces monotones reflets
Fatiguaient, attristaient la vue;
La terre sans fleurs était nue:
L'Amour réclamait son tribut,
L'Amitié sa légère offrande,

Et l'Innocence un attribut,
Et les Grâces une guirlande.
Vénus sourit à leurs désirs :
Au matin la Déesse appelle
Les Grâces, les Ris, les Plaisirs
Et toute sa cour immortelle :
« Allez, parcourez, leur dit-elle,
Et les plaines et les vallons ;
Volez jusqu'au sommet des monts,
Rajeunir le front de Cybèle.
Au réveil de ce jour charmant,
Qu'un peuple léger l'environne,
Tresse sa changeante couronne,
Et soit son plus bel ornement.
Fleurs, qu'Iris de feux vous colore ;
Fleurs, parfumez le firmament ;
Buvez les larmes de l'Aurore,
Naissez, mourez en un moment :
Je donne votre empire à Flore ;
Zéphire sera votre amant ».

Elle a dit, sa troupe fidèle,

Parcourant les prés et les bois,
Nuance ta robe, ô Cybèle!
De mille couleurs à-la-fois.
Alors Thémire, beauté fière,
Au port noble et majestueux,
Commande, et le lis orgueilleux
A balancé sa tête altiere,
Et bravé le flambeau des cieux;
Tandis qu'au pied du lis superbe
La violette, en sa candeur,
S'ensevelit au sein de l'herbe,
Sans penser qu'une chaste odeur
Trahira sa modeste fleur.
Toi qui cachais ta bienfaisance,
Ainsi, ma sœur, toi qui n'es plus,
Toi qui charmas tant ma souffrance,
Le doux parfum de tes vertus
Seul révéla ton existence.

O combien ce jour à-la-fois
Vit naître de riches merveilles!
Près de ces trésors les abeilles

Hésitent long-temps sur le choix.
L'œillet étale sa nuance,
Le frais jasmin l'or le plus pur,
La fleur du soleil sa puissance,
Et l'hyacinthe son azur.
Le pourpre, l'orangé, l'opale,
Partout de leur vive couleur
Ont mêlé la teinte inégale;
Chaque Nymphe crée une fleur,
Et, la formant sur son modèle,
Croyait sourire à la plus belle.

Mais dans ce bosquet écarté,
De ses sœurs évitant les traces,
Quelle est cette divinité?
Je la devine à sa beauté:
Oui, c'est la plus jeune des Grâces.
Le mystère a conduit ses pas,
Et sous sa garde elle dépose
A l'ombre un frais bouton de rose
Formé sous ses doigts délicats.
Au lis sa blancheur est égale;

Il semble se développer ;
Et de sa couche virginale
Impatient de s'échapper,
Comme la vierge fortunée
Aime à parer modestement
L'ivoire de son front charmant
Au doux matin de l'hyménée.

Alors qu'au fond de ce bosquet
Églé sourit à son ouvrage ;
Ce dieu, des dieux le plus volage,
Suit ses pas d'un œil indiscret.
Percé d'une flèche inconnue,
Il voudrait, d'un doigt libertin
Effleurant sa peau de satin,
Ravir à la vierge ingénue
Le voile de son chaste sein ;
Mais, s'opposant à ce larcin,
Le dard d'une agrafe l'arrête,
Blesse son imprudente main,
Et son cri trahit sa défaite.
Églé lève un œil menaçant:

L'Amour s'envole, et sur la rose
Une goutte du plus beau sang
Tombe, et rougit la fleur mi-close.
« Va, dit le dieu plein de douleur,
Garde ta couleur purpurine,
Et comme un sein trop séducteur,
Toujours sois armé d'une épine.
Je veux que la main du plaisir,
Expiant l'excès d'un tel crime,
Tremble à jamais de te cueillir,
Ou de ton dard soit la victime ».

Ta vengeance, fils de Vénus,
Sur ce dard en vain se repose;
L'épine est un attrait de plus
Pour cueillir le bouton de rose.

SUR LE VIN,

TRADUCTION D'UNE ODE D'ANACRÉON.

Quand je bois, à l'instant mon cœur
Palpite d'un joyeux délire,
Et des Grâces l'aimable chœur
Accourt présider à ma lyre.

Quand je bois, les soins dévorants,
Chassés par la riante ivresse,
S'envolent sur l'aile des vents,
Et laissent régner l'allégresse.

Quand je bois l'air est embaumé;
De Bacchus je sens la présence :

Sur un nuage parfumé
Il me soulève et me balance.

Quand je bois, respirant l'odeur
Des fleurs sur mon front enlacées,
Dans la volupté du bonheur
Je chante les heures passées.

Quand je bois, Bacchus et l'Amour
Me prodiguent leur double ivresse;
Je les caresse tour-à-tour,
Et j'en plais mieux à ma maîtresse.

Quand je bois, ma lèvre sourit
A la coupe la plus profonde,
Et Bacchus me verse l'esprit
Qui court et petille à la ronde.

Quand je bois, quel plaisir divin!
Amis, je veux qu'on me seconde:
Buvons, buvons des flots de vin;
On ne boit pas dans l'autre monde.

LE CHARME DU BAISER,

ROMANCE.

L'ABEILLE emplit ses rayons d'or
Du tribut odorant de la plaine fleurie;
Mais la douceur de son trésor
Ne vaut point la douceur du baiser d'Amélie.

La rose sous un ciel d'azur
S'élève, de pudeur et de grâce embellie;
Eh bien! son parfum le plus pur
Ne vaut point le parfum du baiser d'Amélie.

Taisez-vous, indiscrets ruisseaux,
Qui, joyeux, folâtrez à travers la prairie;
Le bruit enchanteur de vos eaux
Ne vaut pas le doux bruit du baiser d'Amélie.

Laissons au banquet éternel
La cour de Jupiter s'enivrer d'ambroisie ;
Des Dieux le nectar immortel
Ne vaut point le nectar d'un baiser d'Amélie.

LE SACRIFICE DE JEPHTE,

POEME

COURONNÉ PAR L'ACADÉMIE DE NIORT.

Toi, qui du haut des cieux embrassant l'univers,
De tes chœurs immortels écoutes les concerts,
Qui du saint roi David inspiras les cantiques,
Et d'Israël en deuil les harpes prophétiques,
Fais qu'un rayon céleste, empreint dans mes écrits,
Epure mes accents, échauffe mes esprits!
Zeila, qui, vierge encor, va finir sa carrière,
Son père infortuné maudissant la lumière,

Tous les fils de Jacob noyés dans les douleurs,
A la lyre sacrée ont demandé des pleurs.

Déjà j'entends les cris du fougueux Moabite ;
Je le vois s'élancer des déserts qu'il habite :
Dieu ! quel nuage épais ! quels bataillons pressés !
De leurs moissons de dards les champs sont hérissés ;
Sous leurs nombreux coursiers la terre au loin chancelle,
Et la mort à leurs chars suspend sa faux cruelle.
Ils s'avancent, pareils à l'orageuse nuit ;
Israël, éperdu, se disperse et s'enfuit.
Jephté, le fier Jephté, d'effroi glacé lui-même,
Lève les mains au ciel, s'adresse au roi suprême :
« Si tu livres, Seigneur, à nos bras triomphants
» La dépouille d'Ammon et ses cruels enfants,
» Au retour des combats j'immole à ta vengeance
» Le premier des mortels offert à ma présence ».
Malheureux ! quel serment viens-tu de prononcer !
Tremble ; ton Dieu t'écoute et daigne t'exaucer.
Tes soldats, enivrés d'espérance et de joie,
Des remparts de Maspha s'élancent sur leur proie ;
L'ange exterminateur, marchant devant leurs pas,

Plonge les fils d'Ammon dans la nuit du trépas;
Leurs trésors sont ravis, leurs tentes saccagées,
Comme de vils troupeaux leurs tribus égorgées,
Et l'Arnon se rougit de leur sang criminel,
Et des murs d'Aroër aux campagnes d'Abel,
Où du pampre odorant la grappe se colore,
De son souffle de feu le Seigneur les dévore.
De mille cris joyeux retentit Israël,
Ses vœux reconnaissants s'élèvent jusqu'au ciel;
Jephté victorieux reverra donc sa fille,
Sa fille, seul espoir d'une illustre famille;
Non, du jour le plus pur le rayon matinal
Ne pourrait éclipser son éclat virginal;
Le jeune et beau palmier, à la tige ondoyante,
De sa taille n'a point la souplesse élégante,
Et l'encens de Saba n'a jamais égalé
Le suave parfum de sa bouche exhalé.
De ses riches parents magnifique espérance,
A la grâce naïve, à la simple innocence,
A ce front qu'embellit la céleste pudeur,
La piété fervente est unie en son cœur;
Heureuse de nourrir, sous le toit solitaire

La crainte du Seigneur et l'amour de son père.
Les vierges de Maspha, pour fêter tant d'exploits,
Mêlent les sons du luth à leur touchante voix;
Sous leurs bruyantes mains les tambourins résonnent;
De roses mollement leurs beaux fronts se couronnent,
Et leurs groupes nombreux marchent vers les vainqueurs.
Jeune, riche d'attraits, à la tête des chœurs,
Zeila montre sa grâce, et parmi ses compagnes
Brille comme, au milieu des riantes campagnes
Que l'élite des fleurs s'empresse de couvrir,
Brille un lis que l'Aurore à peine vient d'ouvrir.

Déjà le bruit lointain des accords de la danse
Remplit toute la plaine et vers Jephté s'avance :
D'affreux pressentiments tout-à-coup déchiré,
Jusques au fond du cœur son sang s'est retiré,
Et, tremblant d'approcher du toit de sa famille,
Il s'arrête... il regarde.... il reconnaît sa fille...
Dieu! sa fille d'abord a frappé ses regards!
Son œil épouvanté cherche de toutes parts
Une victime, hélas! moins chère à sa tendresse;
Mais déjà de Zeila le cœur joyeux le presse.

Il recule d'horreur, et, se frappant le sein,
« O ma fille! dit-il, je suis ton assassin!
» Dieu cruel! à quel prix as-tu mis ma victoire?
» De mon sang le plus pur faut-il payer ma gloire?
» Rendez-moi les combats, l'ennemi menaçant;
» Que le glaive d'Ammon s'abreuve de mon sang.
» Dieu clément, prends pitié d'un père qui t'implore;
» Laisse vivre ma fille à peine à son aurore.
» Mais il faut obéir à ton ordre cruel!
» O ma fille! ton sang doit couler sur l'autel.
» Ton père est seul coupable, a seul commis le crime;
» Toi, malheureuse, hélas! tu seras la victime »!

Zeïla pleure et lui dit : « Calmez votre douleur,
» J'obéirai, mon père, aux ordres du Seigneur.
» Comme, au bruit glorieux du succès de vos armes,
» Au devant de vos pas j'accourais sans alarmes,
» Vous me verrez tranquille, approchant de l'autel,
» Courber mon triste front sous le couteau mortel.
» Je sais combien gémit votre âme déchirée,
» Que pour une autre pompe, hélas! j'étais parée;
» Mais mon Dieu l'a voulu, je n'en murmure pas :

» La gloire de mon père est due à mon trépas.
» Permettez seulement qu'unie à mes compagnes,
» Durant deux mois entiers, sur les hautes montagnes,
» Dans un pieux silence, un saint recueillement,
» Je prépare mon cœur au terrible moment
» Où finira ma vie..... Elle dut m'être chère;
» Je la coulais, hélas! dans le sein de mon père.
» --- Va, le Ciel, répond-il, prendra pitié de nous;
» Mais, si tant de vertus n'arrêtent son courroux,
» Ah! crois-en ma tendresse, il aura deux victimes ».

Zeila se rend alors sur les bruyantes cimes
Qui, non loin de Maspha s'élançant dans les airs,
De leur verte ceinture embrassent les déserts;
Et, là, telles qu'au bruit des tempêtes sifflantes
S'assemble un faible essaim de colombes tremblantes,
Les yeux au ciel levés, les filles d'Israël
Implorent à genoux la clémence du Ciel,
Cherchent de leur compagne à calmer les alarmes,
Et, l'œil baigné de pleurs, voudraient sécher ses larmes.
Zeila, le cœur ému de leur douce pitié,
Dérobe ses douleurs à la tendre amitié;

Ou, si son cœur brisé cache en vain sa souffrance,
Leur sourit tristement et s'éloigne en silence.

Tantôt, bravant les feux de l'astre étincelant,
Vers la terre elle courbe un front pâle et brûlant,
Prie, et, sans étaler un fastueux courage,
Demande à l'Eternel d'épargner son jeune âge.
Telle, l'amour des fleurs, la grâce d'un jardin,
Une rose qui s'ouvre au souffle du matin,
Sous les traits du soleil tombe, se décolore,
Et meurt en demandant des larmes à l'Aurore.
Tantôt, près du torrent qui s'élance par bonds,
Elle attache un œil fixe à ses flots vagabonds,
Et les voit fuir, hélas! avec moins de vitesse
Que n'ont fui les beaux jours de sa courte jeunesse.
La nuit même, à l'instant où dans les cœurs mortels
Le sommeil a versé l'oubli des maux cruels,
Seule, veille et s'afflige une vierge éplorée,
Seule, au fond du désert, triste, pâle, égarée,
De sa voix gémissante, à l'écho des forêts,
Elle conte en ces mots sa peine et ses regrets :

« La jeune vigne en paix boit les feux de l'aurore :

Le palmier verdoyant ne craint point de périr;
La fleur même vivra plus d'un matin encore,
Et moi je vais mourir.

» Mes compagnes un jour, au nom sacré de mère,
En secret tressaillant d'orgueil et de plaisir,
Verront sourire un fils aussi beau que son père,
Et moi je vais mourir.

» Aux auteurs de leurs jours prodiguant leur tendresse,
Sous le fardeau des ans s'ils viennent à fléchir,
Elles seront l'appui de leur faible vieillesse,
Et moi je vais mourir.

» Toi qui des cieux entends une vierge plaintive,
Vois les pleurs de mon père, et daigne les tarir;
Donne-lui tous les jours dont ta rigueur me prive,
Et je saurai mourir ».

Ainsi, s'abandonnant à sa pieuse crainte,
Elle attendrit l'écho de sa naïve plainte,
Et déjà dans les cieux s'allumait le flambeau

Qui devait le soir même éclairer son tombeau.
De son dernier adieu s'attristent les montagnes ;
De son dernier baiser gémissent ses compagnes,
Qui, le cœur déchiré, les larmes dans les yeux,
La suivent lentement d'un pas silencieux.
Le front couvert d'un voile et de fleurs couronnée,
Résignée à la mort, la vierge infortunée,
A travers les torrents de tout un peuple en deuil,
Du temple ose franchir le redoutable seuil.
Déjà les flots d'encens à la voûte embaumée
Roulaient en tourbillons l'odorante fumée :
Orné de la tiare et d'un lin éclatant,
Déjà le saint pontife a pris le fer sanglant.
Le front décoloré, la victime innocente
S'humilie, et lui tend sa tête obéissante :
Trois fois il la bénit, détache son bandeau,
Détourne les regards et lève le couteau....
Tout-à-coup sous ses pieds s'ébranle au loin la terre ;
Un éclair fend la nue et se mêle au tonnerre ;
Tout le peuple effrayé se prosterne à-la-fois,
Et le Dieu d'Abraham fait entendre sa voix :
« Le vœu cruel d'un père à mes yeux fut un crime ;

» Un nouveau crime allait me livrer la victime;
» J'ordonne qu'elle vive, et, gardant ce saint lieu,
» Qu'elle soit à jamais l'épouse de son Dieu ».

Sion, sors de ton deuil, reprends tes chants de joie;
Peuple, cours vers un père à la douleur en proie:
Dis-lui qu'enfin sa fille a touché l'Eternel,
Qu'il vienne la presser sur le sein paternel,
Et rendre grâce au Dieu dont jamais la clémence
N'a dédaigné les pleurs que verse l'innocence.

JE T'AIME,

ROMANCE.

Je veux en vain chanter la gloire des vainqueurs,
Mon tendre luth s'oppose à mon audace extrême,
Et de sa voix timide implorant tes faveurs,
Sans cesse soupire, je t'aime.

Je t'aime, c'est ma vie ; oui, c'est tout mon destin;
Je t'aime, c'est pour moi l'éclat du diadème;
Je t'aime est le doux nom qui me charme au matin;
Le soir je dis toujours je t'aime.

La nuit même, à l'instant que je suis loin de toi,
Sur ma lèvre amoureuse erre le mot, je t'aime ;

Et l'écho qui s'éveille, un peu plus bas que moi,
Murmure doucement, je t'aime.

Quand je mourrai vaincu d'amour et de douleur,
Tournant sur toi mes yeux à mon heure suprême
Mes regards expirants, et ma voix et mon cœur
Rediront encor, je t'aime.

QUE TOUT BOIT,

TRADUCTION D'UNE ODE D'ANACRÉON.

La terre boit l'eau des orages,
L'arbre boit un suc nourrissant,
Et les fleuves, tout en buvant,
Font boire les liquides plages;
Phébé boit la clarté du jour,
Et Phébus boit au sein de l'onde:
Amis, quand tout boit dans le monde,
Laissez-moi donc boire à mon tour.

LA SENSITIVE,

CONTE.

Emma, j'ai vu tes jolis doigts
S'incliner vers la sensitive,
Qui, toujours fidèle à ses lois,
Retira sa feuille craintive;
Toi qui la sentis à regret
Échapper à ta main charmante,
Tu veux pénétrer ce secret,
Et ton jeune esprit se tourmente.
Belle Emma, le fils de Vénus,
Réveillant mon luth qui repose,

Va de ces effets inconnus
T'apprendre la secrète cause ;
Mais permets-lui de déposer
Pour récompense un seul baiser,
Un seul, sur tes lèvres de rose.

Fraiche et timide comme toi,
Évitant tout regard profane,
Eucharis observait la loi
Que parmi l'univers, je croi,
Suit la seule cour de Diane ;
Et dans cet âge où la beauté
Au tendre amour est si facile,
Au vœu de la virginité
Pliait sans peine un cœur docile.
Sur son front paré de candeur,
Symbole heureux de sa belle âme,
Brillait, en légers traits de flamme,
Ce fard que pétrit la pudeur ;
D'une longue et noire paupière
Le voile à demi transparent
S'abaissait sur l'azur charmant

De son œil qui, doux et sévère,
N'eût pas, même furtivement,
Flatté d'un regard un amant;
Et sa bouche, digne de Flore,
Au sourire plein de douceur,
N'avait osé répondre encore
Qu'au baiser d'une chaste sœur.

Rattachant par une ceinture
De sa robe les plis mouvants,
Tandis qu'elle abandonne aux vents
Les nœuds d'or de sa chevelure,
La jeune Nymphe, sur les pas
De la Déesse qu'elle adore,
Courbe l'arc à la voix sonore,
Et donne aux daims un prompt trépas.
Mais un jour que dans sa carrière
Apollon, plus étincelant,
Du haut de l'Olympe brûlant
Versait des torrents de lumière,
Eucharis blesse de ses traits
Un faon qui fuit sur les montagnes,

Et loin de ses jeunes compagnes
L'emporte à travers les forêts.
Lasse de sa course rapide,
Redoutant de trop s'égarer,
Elle cherche une onde limpide
Qui puisse la désaltérer.
Une pente insensible et douce
Bientôt l'amène au bas d'un mont,
Où sur un vert tapis de mousse
Courait un ruisseau peu profond;
Elle avance à la source pure,
D'où la Naïade, en se jouant
Autour d'une molle verdure,
Entraîne un sable bouillonnant
Qui s'élève, tombe, s'épure,
Et se relève au même instant:
Le jouet du flot qui murmure,
Et l'image de l'inconstant.

Sur l'herbe où Zéphire folâtre,
Eucharis s'incline, et sa main
Arrondie en coupe d'albâtre

Plonge dans ce riant bassin,
Puis répand sur sa bouche avide
L'onde, dont la goutte rapide
S'échappe et glisse sur son sein,
Comme on voit la rosée humide
Sur les lis glisser au matin.

Tandis qu'Eucharis, sans alarmes,
Sur le mouvant miroir des eaux
Se penche, sourit à ses charmes,
Courbe ses cheveux en anneaux,
Ou cueille la fleur passagère
Éclose au bord de ce bassin,
Et sous une gaze légère,
Au lis naturel d'un beau sein
Unit une rose étrangère,
Un faune, qui parmi les ris
Allait sur la tendre fougère
Guider la danse bocagère,
Aperçoit la belle Eucharis.

Échauffé du double breuvage

Et de Bacchus et de l'Amour,
Il tressaille, sous le feuillage
Se glisse, évite l'œil du jour,
Et sans bruit, d'une main discrète,
Écarte un peu ce vert rideau,
Puis avance, éloigne sa tête,
Recule, approche de nouveau,
Et dévorant de tant de charmes
Tout ce qu'il voit et ne voit pas,
Il se hasarde à faire un pas,
S'arrête, et palpite d'alarmes :
« Non, non, je n'oserai jamais :
C'est Diane, voilà ses traits ;
C'est elle, dit-il en lui-même :
Ah ! jurons par le roi suprême
D'éviter ses chastes attraits ».
Il en fait le serment terrible ;
Mais l'ombre de ce bord paisible,
D'Eucharis le mol abandon,
L'espoir de la rendre sensible,
Ou bien d'obtenir son pardon ;
Que sais-je ! un charme irrésistible,

La soif du cœur, les feux du jour,
Les feux plus brûlants de l'amour,
Après une lutte pénible,
Triomphent de lui sans retour :
Et Zéphire, qui sous l'ombrage
Rit des promesses des amants,
Sur son aile, au fond du bocage,
Emporte encor ces vains serments.

Le faune sort de sa retraite,
Fait un pas, puis deux, puis s'arrête,
Et puis hasarde un nouveau pas,
Approche, et ne se trahit pas.
Déjà son triomphe s'apprête ;
L'intervalle à franchir est court
(C'est celui que le trait parcourt) ;
Mais d'une bruyère indiscrète
Le perfide frémissement
Vient tout détruire en un moment :
Eucharis détourne la tête,
Le voit, pâlit, se lève, fuit,
Et son ennemi la poursuit.

La colombe rasant la nue,
Le vautour qui sur elle fond,
La biche que la flèche aiguë
Poursuit dans le taillis profond,
N'ont point l'essor qui les entraîne;
L'un à peine effleure l'arène,
L'autre semble nager dans l'air
Que son corps fend comme l'éclair.
Mais en vain Eucharis l'évite,
Et fuit de détours en détours;
Porté sur l'aile des Amours,
Toujours le Dieu vole plus vite :
Déjà ses pas pressent ses pas,
Déjà son haleine brûlante
Rougit de pudiques appas;
Déjà, déjà sa main tremblante,
Et d'espérance et de désir,
S'ouvre, s'étend pour la saisir :
« Sauve-moi, sauve-moi, Diane!
S'écrie Eucharis; venge-toi » !
Diane, que charme sa foi,
L'entend, l'exauce, et le profane,

Soudain immobile d'effroi,
A vu la Nymphe fugitive,
Changeant de forme et de couleur,
Transformée en cette humble fleur
Au nom touchant de Sensitive,
Fleur qui, toujours chaste et craintive,
Garde une légère pâleur,
Et sous le doigt qui la captive,
D'un faune redoutant l'ardeur,
Sent encore une crainte vive,
S'éloigne, et frémit de pudeur.

ROMANCE

A ROSE.

Charmante Rose,
Ah ! pourquoi fuis-tu loin de moi ?
Si tu brilles plus que la rose,
La rose est moins fière que toi,
Charmante Rose.

Lorsque la rose
Sourit au lever d'un beau jour,
Moins gracieuse que ma Rose,
Zéphyr s'unit, brûlant d'amour,
Avec la rose.

Helas ! la rose,
Dis-tu, voit Zéphyr inconstant
Changer de désir et de rose;
Et l'amour meurt en un instant
Comme la rose.

Mais, ô ma Rose !
Caressant tes jeunes appas,
Je puis aussi changer de rose;
Et, plus heureux, ne quitter pas
Le sein de Rose.

LE VER LUISANT,

FABLE.

Alors que s'avançait la nuit,
Un ver luisant, sur la fougère,
Sans y songer, sans aucun bruit,
Versait sa modeste lumière.

Tout-à-coup d'un marais voisin
S'élance un habitant livide
Qui le couvre du noir venin
Pétri dans sa gueule fétide.

Le ver lui dit en gémissant :
« Quel mal t'a donc fait ma présence » ?
L'autre répond, le menaçant :
« Insolent, ton éclat m'offense ».

LA MORT

DE HENRI IV,

POËME QUI A OBTENU LE SECOND PRIX A L'ACADÉMIE DE NÎMES.

Sur l'empire des lis, qu'affermit son courage,
Henri régnait en paix après un long orage,
Et, cachant tant de gloire aux partis abattus,
Il désarmait leur haine à force de vertus.
Si sa noble valeur dompta la ligue altière,
Sa clémence conquit la France toute entière;

Et ses heureux sujets conjuraient l'Éternel
De prolonger le cours d'un règne paternel.
Ainsi l'astre du jour, plongé dans les orages,
De ses flèches de feu disperse les nuages,
Remonte triomphant sur le trône des airs,
Et la terre sourit au roi de l'univers.

Mais quel monstre vomi par l'enfer en furie
Dans un nouvel abîme a plongé la patrie?
Le sanglant Fanatisme est ce monstre inhumain.
Il voit son sceptre horrible échapper à sa main;
Bourbon a désarmé les foudres de l'Église:
Le fier Espagnol baisse une tête soumise;
L'Europe, unie enfin par un nœud fraternel,
Du sombre Fanatisme abolira l'autel.
Furieux contre un roi qui brise sa puissance,
Il le voue au trépas, des enfers il s'élance;
Et, s'armant en secret d'un infâme couteau,
De la Religion revêt le saint manteau.
Mais combien en ses traits cette vierge diffère
Du monstre qu'à sa place encense le vulgaire!
Elle est fille du Ciel, il est fils des Enfers;

Elle instruit les mortels, il trompe l'univers ;
L'un dans son cœur féroce allume la vengeance ;
L'autre n'y laisse accès qu'à la douce clémence ;
Il traîne à ses autels, elle y guide les cœurs ;
Et tandis qu'il poignarde, elle verse des pleurs.

Sur la rive fertile où la molle Charente
Déroule lentement les plis d'une onde errante,
Le Fanatisme impur, au pied des saints autels,
Court choisir son complice entre ces vils mortels,
Qu'au nom d'un Dieu de paix il pousse aux plus grands cri
Et sait rendre à-la-fois et bourreaux et victimes.

Ravaillac, du barbare est le nom odieux :
Jeune encore, il porta dans un cloître pieux
La Superstition, et l'Audace et l'Intrigue,
Tous monstrueux enfants nés au sein de la ligue ;
Surtout le Fanatisme, altérant sa raison,
Sur son cœur distillait un infernal poison ;
Et dès-lors poursuivi par ce sanglant génie,
Plongé dans les accès d'une noire manie,
Au seul nom de Henri, poussant un cri d'horreur,

Le malheureux portait tout l'enfer dans son cœur!

Le monstre, qui sans cesse irrite tant de rage,
Brûlant de terminer son sacrilége ouvrage,
Cache son front cruel sous un bandeau divin;
Et la croix sur le cœur, un poignard à la main,
Le corps enveloppé de longs voiles funèbres,
Se montre à Ravaillac dans l'horreur des ténèbres.
« Quoi! tu dors, lui dit-il, et tu vois mon affront?
» Tu vois l'Impiété partout lever le front,
» Et la Religion de son temple exilée,
» Et sa loi sainte aux pieds des profanes foulée!
» Lâche! est-ce donc ainsi que, cachée en ce lieu,
» Ta stérile vertu prétend servir ton Dieu?
» Est-ce ainsi que Clément, à l'Église fidèle,
» Dans un instant conquit une vie éternelle?
» Prends ce poignard sacré; chrétien, n'hésite pas,
» Dans le sein de Henri cours plonger le trépas.
» Frapper ce vil tyran, c'est frapper l'hérésie
» Que nourrit de son cœur l'adroite hypocrisie.
» Cours, vole; et si tu meurs d'un supplice cruel,
» Il est beau de mourir pour la cause du Ciel».
Il dit, lui tend le fer que tient sa main parjure,

Fuit, et prolonge au loin un horrible murmure.
Ravaillac, agité d'une sainte terreur,
Embrasse ce poignard, adore le Seigneur,
Et croit encore entendre une voix qui l'appelle
A cueillir, en mourant, une palme immortelle.

Vers les bords de la Seine il dirige ses pas;
Mais deux fois le remords suspend ses attentats,
Et lui montre expirant, au sein de ses murailles,
Ce roi que respecta le glaive des batailles
Qui dans les champs d'Ivri, plein de ses grands succès,
Criait à ses soldats : *Épargnez les Français !*
Qui, pleurant ses exploits, de sa main paternelle
Nourrit et protégea la cité criminelle
Où la faim parricide outrageait les tombeaux,
Et de membres sanglants dévorait les lambeaux.
Le remords le poursuit, à tous ses pas s'attache,
Lui dispute son glaive, et de sa main l'arrache ;
Et, dans les flancs d'un roc qui borde son chemin
Emousse le tranchant du poignard inhumain.
Inutiles efforts ! ô crime ! tu l'emportes !
De l'antique Lutèce il a franchi les portes,

De son crime inouï marqué le jour affreux.
Jour de deuil et de sang, jour trois fois malheureux
Tout généreux Français et te pleure et t'abhorre,
Et les fils de nos fils te maudiront encore!

Ce jour, le cœur du roi, plein d'une sombre horreur
Pour la première fois a connu la terreur :
Le sommeil fuit sa couche, et cette voix sinistre,
Trop souvent de la Mort l'invisible ministre,
Qui glace d'épouvante, entoure d'un long deuil,
Et nous plonge vivants dans l'horreur du cercueil;
Cette voix l'avertit de l'odieuse trame,
Et retentit sans cesse autour de sa grande âme.
La paix, hélas! a fui de son triste palais;
Au pied des saints autels il va chercher la paix.
Là, tandis que le prêtre accomplit le mystère,
Elève vers le Ciel les larmes de la terre,
Bourbon, avec respect courbant son front vainqueur,
Révèle à l'Éternel les peines de son cœur;
Et, sentant se briser la trame de sa vie,
L'implore, l'œil en pleurs, pour sa triste patrie.
O crime! Ravaillac, conjurant tout l'Enfer,

De l'œil cherche la place où doit frapper le fer.
Déjà son bras levé menace la victime;
Déjà le Fanatisme applaudit à son crime....
Mais Vendôme paraît, s'approche de son roi,
Tout-à-coup Ravaillac, le cœur glacé d'effroi,
Recule en frémissant, sur ses genoux chancelle,
Et s'enfuit de ce temple où sa peur le décèle.
En vain dans son palais Bourbon s'est retiré;
Le bonheur en ces lieux, hélas! n'est point rentré.
Ce Louvre fastueux, sa superbe couronne,
La pompe des grandeurs dont sa cour l'environne,
Ses serviteurs zélés partageant son chagrin,
Son épouse, ses fils pressés contre son sein,
Tout redouble sa peine, ajoute à ses alarmes,
Et ce bon prince en vain veut leur cacher ses larmes,
En vain veut soulever le poids de la douleur
Qui, toujours plus pesant, retombe sur son cœur.
Où donc était Sully dans cette heure cruelle?
Henri veut voir Sully, c'est Sully qu'il appelle.
Mais un mal dévorant le retient loin de lui;
Eh bien! il va voler près de son noble appui.
O sublime amitié! vertu des grandes âmes,

Si tous deux, consumés de tes célestes flammes,
Même au sein des grandeurs embrassaient tes autels,
Ne sépare jamais leurs deux noms immortels!

Déjà, de son palais franchissant les portiques,
Roulait le char du roi vers les donjons antiques
Où son bras commandait à ces foudres vainqueurs,
Ces foudres qui de Mars allument les fureurs;
Déjà le doux aspect de la riche Lutèce
De son cœur, par degrés, dissipe la tristesse;
Et du monarque ému les regards attendris
Contemplent de ces bords les habitants chéris.
L'allégresse se peint sur leur riant visage;
Ils accourent de fleurs parfumer son passage;
Et d'un seul sentiment tout un peuple animé
Fait goûter à son roi le bonheur d'être aimé.
Oh! combien pour Henri ce spectacle a de charmes!
Sa bouche leur sourit, ses yeux versent des larmes;
Gardé par leur amour, escorté de bienfaits,
Dans sa marche entouré des heureux qu'il a faits,
A la douce gaîté qui sur tous les fronts brille,
Il semble un père heureux fêté de sa famille.

Au milieu des transports de leur amour sacré,
L'assassin à l'écart, sombre, pâle, égaré,
Sous un vaste manteau composant sa démarche,
De détours en détours du char suivait la marche.
Tel, lorsque dans la plaine un groupe de pasteurs
Célèbre les bienfaits de ses Dieux protecteurs,
Un serpent furieux, long-temps caché sous l'herbe,
Allongeant ses anneaux, dressant son cou superbe,
Dans les flancs d'un berger qu'il surprend à l'écart,
Se prépare à plonger sa langue à triple dard :
De même l'assassin, consterné de leur joie,
En silence s'apprête à fondre sur sa proie.

Tout-à-coup un obstacle au char est présenté;
L'attelage bondit; le peuple épouvanté
Fuit. Soudain Ravaillac (ô forfait exécrable!)
Saisit avec transport cet instant favorable,
Rejette son manteau, s'avance vers ce lieu,
S'élance, d'un seul bond, sur l'immobile essieu,
Et, dans le char du roi glissant un bras perfide,
Deux fois plonge en son cœur le poignard régicide.
Le monstre! un rire affreux sur sa bouche a passé,

Son regard se repaît du sang qu'il a versé ;
Et son bras assassin, levé sur la victime,
Demande à l'Eternel le salaire du crime.
On l'arrache, on l'entraîne ; et, plein d'un morne effroi,
Le peuple accourt en pleurs près du char de son roi.
Fermé de tous côtés, dans un profond silence,
Ce char avec lenteur vers le Louvre s'avance :
Henri des flots de sang d'un cœur inanimé
Inonde le chemin de fleurs encor semé ;
Tous ces cris, de la joie éclatant interprète,
Font place au calme affreux de la Douleur muette ;
La Douleur n'ose point pousser de longs sanglots ;
Elle craint que ses cris n'alarment un héros,
Qu'un rayon émané de la douce Espérance
Lui montrait respirant encore pour la France.

La nuit du peuple entier ne détruit point l'erreur.
Oh ! combien cette nuit, témoin d'un tel malheur,
Entend de cris plaintifs percer ses voiles sombres,
De longs gémissements prolongés dans ses ombres !
Femmes, enfants, vieillards, dans ce commun danger,

Remplis d'un même effroi, n'osent s'interroger.
Tout ce peuple à grands flots, de ses temples antiques
Inondant les parvis, remplissant les portiques,
Aux pieds de l'Eternel dépose ses douleurs.
« O toi ! s'écriaient-ils les yeux baignés de pleurs,
» Toi, qui trop rarement fais briller sur la terre
» Un roi dont la bonté soulage sa misère,
» De tout un peuple en deuil daigne écouter la voix,
» Daigne sauver les jours du meilleur de ses rois ».
Mais en vain, ô mon Dieu ! ce bon peuple t'implore,
Hélas ! dans les cœurs seuls Henri vivait encore.

Bientôt du jour naissant la sanglante clarté
Dévoile à leurs regards l'horrible vérité.
Quels accents douloureux, arrachés à la lyre,
Rediront les transports de leur sombre délire,
Les larmes, les sanglots, les hurlements, les cris,
Le vaste désespoir régnant dans tout Paris !
L'un se frappe le sein, de ses mains le déchire ;
L'autre, au palais du prince, en accourant, expire;
Les guerriers, l'œil en pleurs, racontent ses hauts faits ;

Le vieillard malheureux parle de ses bienfaits;
Le jeune enfant gémit dans les bras de sa mère;
Sa mère lui répond : « Mon fils, pleure ton père » !
La Seine consternée au loin porte un seul cri :
Henri n'est plus!... pleurons notre bon roi Henri!

LE CHÊNE ET LES ORMEAUX,

FABLE

Un Chêne était heureux au sein de nos vallons ;
Plein de vigueur, riche en feuillage,
Sous l'abri protecteur du paternel ombrage
Il voyait prospérer ses nombreux rejetons.
Tous s'aimaient d'amitié sincère :
Leurs bras flexibles s'enlaçaient,
Mêmes zéphyrs les caressaient ;
Du même côté, vers la terre
Toujours leurs fronts se balançaient.
Mais dans le voisinage
On n'était point si sage :

Vivant sans être unis, là de jeunes Ormeaux
Orgueilleux de leurs longs rameaux,
Agitant à grand bruit leur tête,
Insultaient le tonnerre et bravaient la tempête.
« Voyez-vous, disaient-ils, ces enfants de la peur,
Comme ils sont rassemblés dans leur crainte servile;
Esclaves enchaînés, autour de leur asile
Ils rampent, et des cieux notre front est vainqueur ».
Tandis qu'ils vantaient leur bonheur,
Sur son aile bruyante apportant le ravage,
Éole accourt, s'enfle, souffle avec rage:
La famille se presse, et son fidèle accord
Du vent trompe aisément l'effort;
Alors que mutilés, écrasés par l'orage,
Leurs frères insolents, sans qu'on plaignît leur sort,
S'en furent murmurer sur le sombre rivage.

Voulez-vous être forts? Qu'une douce harmonie
De ses nœuds enchanteurs l'un à l'autre vous lie.
Voulez-vous être heureux?
Ne cherchez pas au loin : c'est dans le sein d'un père,
D'une chaste compagne, ou d'un ami sincère,

Que le parfait bonheur fut placé par les Dieux.
Ah! si, trompant un jour mes destins rigoureux,
Ils daignaient m'accorder le seul bien que j'envie,
Laissez-moi, leur dirais-je, aux champs de mes aïeux,
Loin de la gloire et de l'envie,
Assister en famille au banquet de la vie.

LE SAULE,

IDYLLE.

O TOI, dont le sommet antique
Tristement se balance au bord bruyant des eaux,
Arbre pâle et mélancolique,
Pourquoi ce long murmure attristant tes rameaux?
L'habitant ailé du bocage
T'offre ses amoureux accents;
Les tribus d'insectes brillants
T'apportent leur fidèle hommage;
Zéphyr caresse ton feuillage,

Et tes rameaux, voilant le jour,
Ont vu sous leur discret ombrage
S'imprimer les pas de l'Amour.
Je le sais, retenu sur l'humide rivage,
Tu ne pourras jamais, dans un climat lointain,
Contempler d'autres cieux, un nouveau paysage :
Tu restes enchaîné ; c'est la loi du destin.
Mais, hélas ! à quoi sert le plus riant voyage ?
Nulle part l'air n'est pur,
La Nature animée,
Le ciel brillant d'azur
Et Flore parfumée,
Comme en ce lieu paisible et tous les jours plus beau,
Où la bonté des Dieux plaça notre berceau.
Ah ! malheur à l'ingrat qui dédaigne ses charmes,
Errant au fond d'âpres climats,
Où le poursuivent tant d'alarmes,
Alors à la patrie en vain il tend les bras,
En vain vers elle il tourne un œil rempli de larmes.
« Heureux ! dit-il, trois fois heureux,
Le paisible habitant du toit de ses aïeux,
Qui, sur la rive paternelle,

Plein de doux souvenirs, plein de jours vertueux,
Dépose doucement sa dépouille mortelle » !
Crois-moi, resserre le lien
Qui t'enlace au sein de la terre;
Toujours cette féconde mère
Sera ton plus ferme soutien;
Et durant ces longs jours d'orage
Où les aquilons, dans leur rage,
Arrachent l'or pur des sillons,
L'écharpe des prés, des vallons,
Et la parure du bocage,
Toi, par tes longs rameaux dans ses flancs répandus,
Tu braveras et la furie,
Et tous les efforts confondus
Des fougueux enfants d'Orithye.
Nos passions aussi nous livrent des assauts,
C'est l'orage qui gronde et fond sur notre tête;
Mais nous, faibles roseaux,
Nous sommes si souvent brisés par la tempête!
Oui, c'est près de toi seul que le bonheur s'arrête:
Même alors que le bras de l'inflexible Temps

Ébranle ton vieux tronc courbé par les autans,
Toujours sensibles à tes peines,
Les Zéphyrs, tes amis constans,
Viennent te consoler; et leurs douces haleines,
Le feu de leurs baisers raniment dans tes veines
La sève paresseuse, échauffent tes vieux ans,
Et te parent encore
De ces dons éclatants
Dont s'enorgueillit Flore
Aux jours de ton printemps.
Mais vous, dans l'âge triste où la froide vieillesse
Sillonne nos attraits et chasse la jeunesse,
Enfants ailés, cruels Amours,
Vous, le tourment, hélas! le bonheur de la vie,
Vous fuyez, et c'est pour toujours!
Les longs ennuis, la pâle maladie,
Le vague souvenir de plaisirs imposteurs,
Voilà tout ce qui reste à notre âme flétrie!
Cesse de murmurer, de nous porter envie:
Tu n'éprouveras point ces affreuses douleurs;
Jamais la sombre jalousie,

La foule des amis trompeurs,
L'infatigable calomnie,
L'Amour si plein de perfidie,
Ne t'auront, comme à moi, fait répandre des pleurs;
Et la main du printemps, au terme de ta vie,
Sur ton front vert encor semera quelques fleurs.

AGAR

DANS LE DÉSERT,

POEME COURONNÉ AUX JEUX FLORAUX.

De la loi du Très-Haut fidèle observateur,
Comblé de tous les biens, Abraham, roi pasteur,
De ses riches troupeaux couvrait au loin les plaines,
Et d'Hébron fécondait les superbes domaines.
Inutiles trésors ! Du couchant de ses jours,
Le Chagrin lentement vient obscurcir le cours :
Le noir Chagrin, hélas ! aussi vieux que le monde,

Qui des premiers humains troubla la paix profonde,
Qui se cache toujours sous le royal bandeau,
Ose même attrister le modeste hameau.

Non, le cœur d'Abraham ne sera plus tranquille :
Sara de pleurs amers arrose un lit stérile ;
Tandis que son esclave, à la fleur des beaux jours,
Vaine du fruit heureux de ses jeunes amours,
Étale tout l'orgueil d'une mère jalouse ;
Usurpe insolemment tous les droits d'une épouse.
L'Éternel de Sara console les vieux ans :
Un fruit miraculeux tressaille dans ses flancs.
Ô bonheur ineffable ! ô joie inespérée !
Voilà le rejeton d'une tige sacrée,
Qui de sa mère enfin dissipe les douleurs :
Le sourire d'un fils rachète tant de pleurs !
Mais Agar a frémi d'un bonheur qui l'oppresse ;
Son Ismaël n'a plus la première caresse.
Fière comme un palmier, roi des bords du Jourdain,
Elle s'emporte, affecte un superbe dédain.
Son maître adoucissait sa plainte trop amère ;
Il excusait Agar : hélas ! elle était mère.

Vers cette heure tardive où les nombreux troupeaux
Regagnent lentement les paisibles hameaux;
Où l'auguste vieillard, pour qu'il lui fût propice,
Offrait à l'Éternel l'encens du sacrifice ;
Il a revu sa tente : ô douloureux tableau !
De sa tremblante main rejetant le fuseau,
Plus pâle que des nuits la pâle messagère,
Arrachant Isaac au fils de l'étrangère,
Sara pousse des cris, aux pieds de son époux
Tombe, et d'un faible bras s'attache à ses genoux :
« O mon époux ! mon maître! ô mon unique asile !
» Venge-toi, venge-moi. Ton esclave indocile
» Me brave, me menace ; et son fils inhumain
» Sur l'élu du Seigneur ose lever la main.
» Une indigne servante outrage sa maîtresse,
» Insulte mes vieux ans et punit ma faiblesse;
» Oh ! si tu m'appelas jadis du plus doux nom ;
» Si pour toi je bravai l'amour de Pharaon;
» Si toujours avec toi je traversai la vie ;
» Dans la tombe avec toi si je dois être unie ;
» Si tu chéris ce fils à nos vœux accordé,
» Protége son berceau, ton Dieu l'a commandé ;

» Chasse un coupable enfant, chasse l'Égyptienne,
» Dont la haine empoisonne et ma vie et la tienne ».
Elle dit, et succombe à ses vives douleurs;
Sa défaillante voix expire dans les pleurs.
« Oui, s'écrie Abraham, toi seule es mon épouse;
» Vous, portez loin d'ici votre fureur jalouse;
» Fuyez : cachez demain dans le fond des déserts
» L'excès de votre audace et vos justes revers.
» Toi, qui frappas mon fils de ta main criminelle,
» Tu ne reverras plus la tente paternelle ».

Agar, sans être émue, entend l'arrêt cruel;
Son front est plein d'orgueil, son cœur est plein de fiel :
Loin qu'elle s'humilie, un moment les implore,
Son silence irrité les menaçait encore.
Abraham toutefois n'aura pas oublié
Au fond d'un cœur pieux les soins de la pitié;
Sur le foyer brûlant sa bouche haletante
Excite avec effort une flamme éclatante,
Et sous la cendre il place un généreux froment,
Dernier secours, hélas! préparé tristement.
Sara même, aux lueurs de la lampe qui veille,

L'enferme, avec l'eau pure, au fond d'une corbeille.
Doux penser d'une mère ! y glisse de sa main,
Pour le jeune Ismaël, un vêtement de lin.

Déjà l'astre du jour, au bord de sa carrière,
Inondait l'orient des flots de sa lumière ;
Et déjà s'éloignait la dédaigneuse Agar,
Sans même d'Abraham chercher un seul regard.
Dans le désert muet elle marche en silence,
En sonde sans effroi la profondeur immense ;
Son jeune enfant la suit, mais d'un pas inégal,
Et tourne un œil en pleurs vers le toit pastoral.
Cependant le soleil, dans sa course indomptable,
Fait ruisseler ses feux sur une mer de sable ;
Bientôt l'enfant épuise un breuvage brûlant ;
Les chaleurs, la fatigue et la soif l'accablant :
« Retournons, disait-il, retournons vers mon père ».
« --Hélas! mon pauvre enfant, tu n'as plus que ta mère ».
« ---Mon père m'abandonne, et je me sens mourir » !
Agar ne peut répondre ; elle le voit souffrir ;
Lutte encore, soutient sa marche défaillante ;
Le presse sur sa bouche, et sa bouche est brûlante ;

Lui présente son sein, son sein est desséché;
De tous côtés en vain ses regards ont cherché:
Elle n'entend répondre à sa voix douloureuse
Que du tigre affamé la plainte furieuse.
Un seul palmier frappait son œil épouvanté,
Un seul, percé des traits d'un soleil irrité.
Elle y place Ismaël; mais sa voix est mourante;
Mais son âme est déjà sur ses lèvres errante.
Agar, que désespère un si cruel trépas,
Pousse des cris affreux, fuit au loin à grands pas,
Déchire ses habits, se couvre de poussière;
Pour la première fois courbe sa tête altière:
« Dieu de miséricorde, ô mon dernier recours!
» Laisseras-tu mon fils expirer sans secours?
» Mon Dieu! daigne en pitié regarder ma misère:
» Seul tu connais l'excès des douleurs d'une mère.
» Ah! laisse-moi mon fils! laisse-moi mon seul bien!
» Sans mon fils, sur la terre, hélas! je n'ai plus rien.
» Dieu! si mon juste orgueil à tes yeux est un crime,
» Frappe, me voilà prête, immole ta victime;
» Que, riant de mes maux, Sara dicte ses lois,
» Dévore, en m'insultant, ma dépouille et mes droits;

» Mais épargne mon fils! mon fils n'est point coupable.
» Grand Dieu! mon fils n'est plus!... Où suis-je, misérable?
» La douleur et l'effroi m'arrachent de ses bras :
» Nous ne serons pas même unis dans le trépas » !
Sa voix meurt : chancelante, accablée, éperdue,
Sur l'arène embrasée elle tombe étendue.

O prodige! à l'instant l'ange de la pitié,
Cet ange qui relève un cœur humilié,
Du haut des cieux descend sur la nue enflammée ;
A sa voix consolante Agar s'est ranimée.
« Agar, dit-il, Agar, Dieu vient te secourir.
» Vois ces flots bienfaisants près de ton fils courir.
» Oui, le Dieu de bonté qui nourrit l'indigence,
» Qui du pauvre orphelin soutient la faible enfance,
» Ce Dieu sauve ton fils, l'adopte en son malheur;
» Ismaël grandira sous l'aile du Seigneur.
» Je le vois père heureux d'une race féconde
» Qui ne fixe jamais la tente vagabonde;
» Habile à courber l'arc, à dompter les coursiers,
» Elle jette l'effroi dans les rangs des guerriers,
» Et, comme un cèdre antique étend son vaste ombrage,

» Etend sur les déserts ses rameaux d'âge en âge ».

L'ange s'éloigne : Agar désaltère Ismaël,
Le presse avec transport sur le sein maternel ;
Et le front radieux, fière d'un tel miracle,
Au désert de Pharan court accomplir l'oracle.

INSCRIPTION

QU'A FAIT GRAVER LA VILLE DE PLOMBIÈRES

SUR UN MONUMENT QUI ENTOURE UNE DE SES FONTAINES MINÉRALES.

SEMBLABLE à la vertu, source modeste et pure,
Sous un humble gazon tu cachais tes bienfaits;
Mais, du temps destructeur bravant la longue injure,
Ce pieux monument les consacre à jamais.

A MONSIEUR ISABEY,

SUR SON DESSIN DE LA BARQUE.

TOI, dont les flexibles crayons,
Guidés par la main du génie,
Rendent chaque nuance, expriment tous les tons,
Et montrent à l'âme ravie,
Tantôt ces gracieux tableaux
Où brillent la chaste innocence
Et la grâce de la décence,
Tantôt ces sublimes travaux
Eternisant la gloire et les traits des héros;
Isabey, j'aime à voir cette barque légère

Où ton aimable épouse et ses jeunes enfants,
Sagement conduits par leur père,
Voguent sur des flots caressants.
Douce et touchante allégorie
D'un père dont les soins et le talent vainqueur
Dirigent ces objets, les plus chers à son cœur,
Sur les flots inconstants du fleuve de la vie.
Innocente famille, ah! pourquoi tremblez-vous?
Votre tendre mère est tranquille,
Elle a pour guide son époux.
O père heureux! pilote habile,
Maître d'un si riche trésor,
Accepte-s-en l'augure, il gagnera le port;
Et la barque charmante
Qu'enfanta ton génie, où s'assied la beauté,
Sans craindre la tourmente,
Te conduit en famille à l'immortalité.

L'EMBRASEMENT DE SODOME,

ODE

COURONNÉE PAR L'ACADÉMIE DE NIORT

Où sont ces enfants de la terre
Qui, contre leur Dieu révoltés,
Ont rendu leur cœur tributaire
Des plus affreuses voluptés.
Un matin leur ville infidèle,
Frappant les cieux d'un front rebelle,
L'insultait de chants dissolus;

Le soir, au fond d'une eau brûlante,
Le passant, pâle d'épouvante,
La cherche et ne la trouve plus.

Elle a dit : Le Dieu qu'on adore
En vain appelle mon encens;
Le vrai Dieu, le seul que j'honore,
C'est le Dieu qui flatte mes sens;
Et, dans son impudique ivresse,
Elle osait s'abreuver sans cesse
Aux sources de honteux plaisirs;
Et là cent lyres effrontées,
Des saintes harpes attristées
Etouffaient les chastes soupirs.

Las enfin de l'excès du crime,
Tremblez, profanes! l'Eternel
Ouvre les portes de l'abîme
Altéré d'un sang criminel.
Abraham, tu vois leur supplice;
Mais l'encens de ton sacrifice
Ne peut arracher leur pardon :

Il n'a plus, ce peuple parjure,
Dix justes de qui la main pure
Du crime offre à Dieu la rançon.

Anges, partez d'un vol rapide ;
Levez vos glaives triomphants ;
Mais de leur menace homicide
Défendez Loth et ses enfants.
Loth, qu'un joug austère captive,
Dans les torrents d'une foi vive
Etanche de saintes ardeurs ;
Ses filles, que l'hymen enchaîne,
Ont redouté l'impure haleine
Qui souffle un poison dans les cœurs.

Mais, Sodome, quels cris funestes
Sortent du sein de tes remparts ?
Quoi ! sur les messagers célestes
Tu lèves tes lascifs regards !
En vain Loth conjure, menace,
Et sa religieuse audace
Affronte tant d'impiété ;

Un peuple en fureur les réclame,
Outrage d'un désir infâme
Le toit de l'hospitalité.

Ainsi, dans les mers orageuses,
Un roc, au front audacieux,
Brave les vagues furieuses
Qui bondissent jusques aux cieux
Seul il demeure inébranlable,
Au milieu du choc effroyable
Qui confond tous les éléments;
Et des vents la rage insensée,
La mer contre lui courroucée,
Meurent sur ses bords écumants.

Ainsi Loth combat, frappe, arrête
Les flots d'un peuple mutiné;
Mais les efforts de la tempête
Brisent son courage obstiné.
A l'instant les anges paisibles
Ont étendu leurs mains terribles
Sur le front de ces vils Hébreux,

Soudain leurs visages pâlissent,
Leurs yeux insolents s'obscurcissent
Sous un nuage ténébreux.

O supplice! ô terreur profonde!
Egarés, tremblants, éperdus,
Au bruit de la foudre qui gronde
Ils heurtent leurs rangs confondus,
Etrangers au sein de leur ville,
Ils cherchent en vain leur asile
Dans cette horrible obscurité;
Et Loth et ses filles timides,
A l'ombre de leurs divins guides,
Désertent l'indigne cité.

Soudain l'ange de la vengeance
Tonne et réveille les Enfers;
Ceint de flammes, son char s'élance,
Précédé de sombres éclairs.
La nuit, les remords, l'épouvante
D'une foule pâle, expirante,
Accroissent le supplice affreux;

Frappé des cent voix du tonnerre,
Le ciel s'embrase, et sur la terre
S'écroule en orages de feux.

Dieu, pardonne, pardonne encore!
Retiens tes implacables traits!
Mais, tandis que ma voix t'implore,
Ils ont disparu pour jamais;
Un océan de feu les couvre;
Sous leurs pieds tremblants la mer ouvre
Un lac de bitume écumant,
Et l'Enfer, qui frémit de joie,
Dévorant son immense proie,
Trois fois pousse un long hurlement.

A Mme ***,

EN LUI OFFRANT MA TRADUCTION DE TIBULLE.

Tibulle soupirait son amoureux délire
Aux pieds de trois Beautés, fières de mille appas ;
Tibulle, près de vous, retrouverait sa lyre,
Mais ne changerait pas.

CÉPHISE ET L'AMOUR,

CONTE.

Au fond d'un bosquet de Cythère,
Au pied de myrtes arrondis
En voûte élégante et légère,
Pour servir d'asile au mystère,
Et prêter leur voile à Cypris,
Sous leurs rameaux toujours fleuris
L'Amour dormait loin de sa mère,
Et tout son cortége enfantin,
Les Ris, les Jeux, le Badinage
Folâtraient dans le voisinage
Près de leur jeune souverain.

Les Grâces détachaient ses armes ;
Thalie emportait son flambeau,
Sa sœur cet aimable bandeau
Qui nous ménage tant de larmes,
Et rend l'Amour toujours nouveau,
En lui conservant tous ses charmes.

Tandis qu'au fond de ces berceaux
Morphée épanche ses pavots,
Que Zéphyr rit dans la verdure,
Caresse le flot qui murmure,
Céphise errait dans ce beau lieu,
Et, d'un léger trouble saisie,
Elle approchait du jeune Dieu,
Conduite par la Rêverie.
Rêver est permis à quinze ans :
Plus belle et plus jeune que Flore,
Elle touchait à ces instants
Où, pour l'amour tout près d'éclore,
Le cœur plein d'un vague désir,
Précurseur du premier plaisir,
Fuit et cherche ce qu'il ignore.

Au premier aspect de l'Amour,
Dieu qui, dit-on, nous tyrannise
Et fait le malheur de sa cour,
Elle déserte ce séjour
Où son cœur craint une surprise.
La douce Curiosité,
Si naturelle à la beauté,
A jeune fille si permise,
Auprès de la Divinité
Bientôt a ramené Céphise;
Elle voudrait un seul moment,
Un seul, voir l'Amour, pour connaître
Les traits, le port d'un Dieu si traître,
Et l'éviter plus sûrement.
Tremble! déjà ce Dieu t'enchaîne;
Ton œil, qui sur lui se promène,
Boit le poison de ses appas;
Hélas! tu ne le savais pas;
Et, riant de ta crainte vaine,
Tu disais d'un air triomphant:
« Pourquoi trembler? c'est un enfant.
Dans ses traits brille l'innocence,

Son front respire la candeur,
Son sourire est plein de douceur;
Avec les charmes de l'enfance
Peut-il avoir un méchant cœur?
Oh non! et l'Amour, sans ses ailes,
Serait le plus parfait des Dieux.
Mais, tandis qu'il dort en ces lieux,
Coupons ses plumes infidèles,
Et l'on verra tous les amants,
En un jour devenus constants,
Aimer comme les tourterelles ».

L'oreille ouverte et l'œil au guet,
Le sein soulevé par la crainte,
Céphise avance un pied discret,
Qui de la plus légère empreinte
Marque à peine un sable muet,
Entr'ouvre de ses mains tremblantes
Des feuilles le rideau mouvant,
Coupe ces ailes inconstantes,
Et fuit plus vite que le vent.
Mais sa fuite, un peu trop hâtive,

A réveillé le jeune Amour ;
Il voudrait voler vers sa cour,
Et sent un poids qui le captive.
O surprise affreuse ! ô douleur !
Il voit ses deux ailes brisées
Et par le Zéphyr dispersées
Sur le sein humide des fleurs.
L'Amour pleure, se désespère,
Et sa vive plainte et ses cris,
Jetant l'alarme dans Cythère,
Font bientôt accourir Cypris :
« O, ma mère ! dit-il, ma mère,
Je suis perdu ! Vois mon destin,
Vois mes ailes dans la poussière ;
Ma mère, je meurs de chagrin ».
De Vénus jugez les alarmes,
Les mères ont un si bon cœur ;
Et le désespoir et les larmes
A l'Amour donnent tant de charmes ;
Qui n'eût partagé sa douleur !
« Mon fils, toi que ta mère adore ;
Mon fils, viens, accours m'embrasser,

Viens contre mon sein te presser.
Hélas ! pourquoi pleurer encore ?
Bientôt à sa douce chaleur
Des ailes pour toi vont éclore,
Comme la plus brillante fleur
Éclôt au lever de l'aurore ».
Elle sourit, et l'arrêtant,
L'enlace à son sein palpitant.
Quel prodige nouveau ! deux ailes
Élouissantes et plus belles,
Déployant leurs légers contours,
Ombragent le Dieu des Amours.
Leur blancheur de lis qu'on admire
Naquit alors en caressant
La neige d'un sein frémissant,
Qui les repousse, les attire ;
Et seulement l'extrémité,
Sur deux tendres boutons placée,
Effleurant leur jeune beauté,
Prit sa teinte un peu nuancée.

Mais de ses deux ailes en vain

L'Amour veut reprendre l'usage ;
Bercé sur les lis d'un beau sein,
Peut-il encore être volage ?
Vénus le gronde et s'en dégage ;
Il soupire, prend son essor,
Balance son aile timide,
S'abat, revient, s'essaie encor,
Sourit à la reine de Gnide,
Voltige, et bientôt dans les airs
D'un vol inconstant et rapide
Court reconquérir l'univers.

Pour d'abord punir la cruelle
Qui prétend le rendre constant,
L'Amour d'une flèche nouvelle
Perce son cœur à chaque instant :
Daphnis fut l'objet de sa flamme ;
J'obtins sa plus douce faveur ;
Mélidor embrase son âme,
Demain Damis aura son cœur ;
Mais, hélas ! pourquoi de son crime,
Amour, me rends-tu la victime ?

Laisse un amant trop tourmenté,
Et, portant ailleurs ta vengeance,
Donne-moi sa légèreté,
Ou bien donne-lui ma constance.

QUINZE ANS,

ROMANCE.

J'ai vu tes yeux charmants se ternir dans les pleurs;
Mon cœur a retenu ta plainte douloureuse;
Tu disais, abattue en de tristes langueurs,
  Hélas! je pleure et ne suis plus heureuse.

Quand ma mère inquiète interroge mon cœur,
Y verse doucement sa plainte affectueuse,
Je ne sais que répondre, et cachant ma rougeur,
  Hélas! je pleure et ne suis plus heureuse.

Si j'entends soupirer l'oiseau dans le bosquet,
Ne sais encor pourquoi, plus tendre, plus rêveuse,
Et le cœur égaré dans un désir secret,
Hélas! je pleure et ne suis plus heureuse.

Colombe gémissante, apaise tes douleurs;
Va, crois-moi, ta blessure est bien peu dangereuse;
Un tendre cœur, quinze ans font seuls couler tes pleurs,
Il faut aimer, et tu seras heureuse.

LA FERME RÉSOLUTION,

IDYLLE

IMITÉE DE GESNER.

GRANDS Dieux ! où se sont égarés
Mes pieds tremblants et déchirés ?
Ils tracent de nouvelles routes
Au fond des épaisses forêts,
Où la tête des noirs cyprès
Forme d'impénétrables voûtes.
O vous, silencieux rameaux,

Vous qui loin du champ de la vie
Signalez les tristes tombeaux ;
Sur un faible mortel, accablé de ses maux,
Vous répandez et l'ombre et la mélancolie.
Je succombe, je meurs de fatigue épuisé !
Plaçons-nous sur ce trone brisé
Que la rouille du temps fait tomber en poussiere,
Et qu'en vain protégea ce vert réseau de lierre.
Amour, dans ces climats je puis braver tes traits ;
Ces arides déserts sont loin de ta présence,
Et tes feux dévorants ne les brûlent jamais.
Jamais la triste Écho n'a rompu le silence,
Pour affliger ces bords des douloureux soupirs
Dont aime à se jouer une beauté cruelle ;
Jamais leurs sauvages Zéphyrs
N'y caressent le sein d'une amante infidèle.
Absent d'un charme séducteur
Qui des transports de ma jeunesse
Nourrissait l'inquiète ardeur,
Ah ! cultivons en paix les fruits de la sagesse :
Mais la sagesse, hélas ! est-elle le bonheur ?
Adieu, perfide Amour, j'abhore ton ivresse ;

Adieu, trop barbare vainqueur
Qui te ris des mortels en leur perçant le cœur.
Adieu, tendre Zulmé, brune fraîche et piquante :
Ta démarche orgueilleuse et ta taille imposante,
Ton front tout à-la-fois doux et majestueux,
Tes regards languissants, pleins d'une humide flamme,
Ton charmant abandon, ton sourire amoureux
Ne peuvent plus nourrir les désirs de mon âme.
Adieu, vive Félicité,
Qui tour-à-tour recherche, évite,
Caresse et fuit la volupté.
Oui, je hais ta folle gaîté,
L'ivoire d'un sein qui palpite
Sous la main prête à l'embraser,
Et ton humeur toujours badine,
Et ta lèvre trop enfantine
Qui court au-devant du baiser.
Et toi, Zoé, je ris de ta blessure ;
Toi, dont le sein n'eut jamais pour parure
Qu'un simple lin, éclatant de blancheur,
Sans aucun art plissé par la nature.
Dès le matin, ta blonde chevelure,

Négligemment unie à l'humble fleur,
Se boucle, flotte et tombe à l'aventure;
Tu prends ton fard des mains de la Pudeur,
Et ton esprit est la seule Candeur.....
Ah! de tous ces attraits que l'Amour fit éclore
Cessons bien vite de parler,
Le traître ose les rappeler
Pour qu'un feu nouveau me dévore.
Adieu, je vous fuis sans retour;
Avançons-nous sous cet ombrage
Dont l'impénétrable feuillage
Nous dérobe aux yeux de l'Amour.
Mais que vois-je...? Grands Dieux...! sur ce sable... des traces...!
C'est l'empreinte du pied des Grâces!
Ah! volons sur leurs pas:
Cette forme divine
A trahi mille appas;
Mon œil ne les voit pas,
Mais mon cœur les devine.
Adieu, sagesse, adieu regrets:
Amour, c'est toi seul que j'implore,
Et je me jette sur les traits

Dont tu veux me percer encore.
Ah! retiens-la quelques moments;
Si je l'atteins dans ma poursuite,
Je veux de cent baisers rougir ses lis charmants.
« O Nymphe, lui dirai-je, arrête dans ta fuite,
Ou bien fuis mes embrassements,
Ainsi que la naissante rose
S'échappe aux baisers du Zéphyr :
Elle s'incline, elle s'oppose
A son impétueux désir;
Mais c'est pour irriter le besoin du plaisir,
S'embellir en secret de l'incarnat de Flore,
Et brillante bientôt d'une aimable rougeur,
S'abandonner plus belle encore
Aux humides baisers de son heureux vainqueur.

LES SOUHAITS,

TRADUCTION D'UNE ODE D'ANACRÉON.

On a vu non loin d'Ilion
Niobé transformée en pierre ;
Ta fille, triste Pandion,
Fendit l'air d'une aile légère.
Moi, que ne suis-je, ô ma bergère !
Ce miroir, cristal orgueilleux
D'arrêter souvent tes beaux yeux !
Que ne suis-je cette parure
Toujours flottante sur tes pas !
Que ne suis-je l'onde si pure

Qui caresse tes frais appas !
Les parfums de ta chevelure,
Le nœud que soulève ton sein,
La bague enlacée à ta main,
Ou du moins l'étroite chaussure
Qu'aime à presser ton pied divin !

SUR LES TRAITS DE L'AMOUR,

TRADUCTION D'UNE ODE D'ANACRÉON.

Au fond de ces antres secrets
Qui grondent au sein de la terre,
Vulcain, pour le dieu de Cythère,
S'amusait à forger des traits.
Vénus sur la flèche brûlante
Laissait couler le plus doux miel,
Qu'Amour trempait d'un peu de fiel.
Soudain le dieu Mars se présente;
Il accourt des bords étrangers,
Agite sa lance pesante,

Et nargue des traits si légers.
« Lève ce dard, Dieu de la guerre,
Tu connaîtras sa pesanteur »,
Dit l'Amour, outré de colère.
Mars prend le dard d'un air moqueur ;
Vénus lui jette un doux sourire.
Confus, il rougit, il soupire ;
« De ce poids viens me dégager ;
Reprends ce dard » ; l'Amour de rire :
« Pourquoi donc ? il est si léger ».

ELOGE DE GOFFIN,

OU

LES MINES DE BEAUJONC,

Pièce qui, au jugement de la Classe de la Langue et de la Littérature françaises de l'Institut impérial, a obtenu l'*accessit* du Prix extraordinaire proposé pour le meilleur ouvrage de poésie sur le généreux dévouement d'Hubert Goffin et de son fils.

Près de ces bords riants où les flots de la Meuse
Arrosent lentement cette ville fameuse
Qui, dans des jours heureux, riche et libre à-la-fois,
Superbe, se créait son sénat et ses lois;

Sous d'immenses coteaux, inclinés vers la plaine,
Un peuple, prolongeant sa ville souterraine,
A ses noirs flancs arrache un bitume fumant,
De l'éternelle flamme éternel aliment.
Là, d'une longue tâche implorant le salaire,
Enseveli, vivant, dans le sein de la terre,
Rebelle à la fatigue, il creuse, il creuse encor,
Ravit au gouffre avare un indigent trésor:
Heureux si quelquefois, sous la voûte éthérée,
Il embrasse et secourt sa famille adorée!

Enfans du sombre abîme, ah! quittez vos travaux;
Fuyez!... un fleuve, au loin roulant de vastes eaux,
Précipite sur vous ses vagues menaçantes,
Et ravage, en tonnant, vos voûtes mugissantes.
Mais en vain, à grands pas, près de l'étroit séjour
Qui promet de les rendre à la clarté du jour,
Tous s'élancent....; en vain le panier secourable
S'abaisse et les réclame : ô destin déplorable!
A peine quelques-uns à leurs fils sont rendus;
D'autres, pâles, tremblants, sur l'antre suspendus,

Retombent.... Malheureux! l'impitoyable abîme,
Avide, ressaisit sa mourante victime.

Quel modeste héros les dispute au trépas?
Goffin! il pourrait fuir, mais il ne le veut pas;
Son cœur est déchiré, son front paraît tranquille;
Il s'écrie: « Accourez, Goffin est votre asile;
» Goffin veut de ces lieux fuir le dernier de tous;
» Il veut tous vous sauver, ou périr avec vous ».
Ses généreux accents et sa noble assurance
Dans les cœurs consternés rappellent l'espérance.
On l'écoute, on s'assemble, on s'empresse, on le suit
On sonde sur ses pas la formidable nuit....
Il semble de ces lieux le bienfaisant génie
Qui du fond des tombeaux va les rendre à la vie;
L'antre en a tressailli, le fleuve impétueux
Arrête devant lui ses flots respectueux.

Mais quel terrible obstacle exerce leur courage!
Une immense barrière interdit le passage;
De tout son poids la terre a pesé sur leurs fronts;
Privés de tout secours, entassés sous ces monts,

Leur unique aliment est la vapeur brûlante,
Leur unique boisson une onde malfaisante;
Et leur dernier flambeau, jetant un jour douteux,
Tremble, fume, pâlit, va mourir avec eux....
Mais non, Goffin leur reste en ce péril extrême:
Un grand cœur sait combattre et vaincre la mort même.

Alors qu'à son exemple, indocile au repos,
Sa troupe veut percer le flanc de ces cachots,
Des femmes, des enfants, déplorables victimes,
Errent autour du gouffre, en sondent les abîmes:
O plaintes! ô douleurs! ô sanglots superflus!
Nulle voix à leur voix, hélas! ne répond plus.
Peuple, accourez ouvrir ce champ des funérailles;
D'une terre homicide arrachez les entrailles;
Et d'abîme en abîme, osez, dans vos efforts,
Conquérir des vivants sur l'empire des morts.
Tous s'empressent: ici, la pompe haletante
Péniblement au gouffre enlève une eau grondante
Qui, dans les airs vomie, en ses bonds furieux,
S'étonne de rouler sous la voûte des cieux.

Là, dompté par le fer, le roc crie et se brise;
Le salpêtre l'attaque, en éclats le divise,
Et déjà le mineur, du fond de longs caveaux,
Croit entendre un bruit sourd appelant ses travaux.

De son côté Goffin suit sa route inconnue,
Et lentement allonge une étroite avenue;
Le pic, qui sur le roc rend un plus grave son,
S'enfonce, et l'avertit qu'il ouvre sa prison.
Comme en leurs tristes yeux la joie éclate et brille!
Chacun d'eux, en espoir, embrasse sa famille;
La fatigue a cessé : les bras, creusant toujours,
Du labyrinthe obscur poursuivent les détours,
Attaquent les flancs nus d'un rocher qui succombe,
Frappent, frappent encor, et la barrière tombe ...
O désespoir! l'œil plonge en d'affreux soupiraux:
Malheureux! ils n'ont fait qu'agrandir leurs tombeaux!
Un vent contagieux sort de cet antre humide,
Les abat, les poursuit de son souffle homicide,
D'un choc épouvantable ébranle tous les airs:
Tel qu'un foudre brisant la porte des enfers.

L'intrépide Goffin, debout, ferme, immobile,
Seul l'attend, lui résiste, et, de son bras docile
Repoussant la barrière avec un long effort,
Dans l'éternelle nuit a replongé la mort.

Mais aux pieds de Goffin, le front contre la terre,
Implorant du trépas l'asile salutaire,
Les mineurs consternés, sourds au commandement,
Rejettent du travail l'inutile instrument.
Leur chef épuise en vain sa stoïque éloquence;
Tous ils ont répondu par un morne silence.
Cependant rien n'abat la vertu de Goffin;
Seul, défiant l'abîme, il leur cherche un chemin;
Son fils, qu'il veut sauver, rend sa force invincible.
O prodige! ce fils leur montre un front paisible:
« Hommes moins forts, dit-il, que de faibles enfants,
» Mon père l'a promis, nous serons triomphants;
» Obéissez, ouvrons un glorieux passage,
» Et dans un grand danger montrons un grand courage ».
A la voix d'un enfant, à ses accents vainqueurs,
Une force héroïque a pénétré les cœurs;

On se relève : tous au travail s'enhardissent,
Et de nouveaux chemins sous leurs bras s'agrandissent.

Inutiles efforts ! dernier espoir trompé !
De leurs sanglantes mains le fer s'est échappé.
Tout combat leur courage en cet horrible empire :
Même en respirant l'air, c'est la mort qu'on respire ;
Même, en se prosternant sur le roc assassin,
Le roc brûlant embrase et déchire leur sein :
Et la seule clarté, dont les lueurs funèbres
Entr'ouvraient en tremblant le voile des ténèbres,
Meurt.... Ciel ! pour tant de maux est-il assez de pleurs !
L'épaisse nuit accroît leurs sinistres terreurs.
L'un, dans son désespoir, de ses mains frénétiques
Frappe encor au hasard ces ténébreux portiques ;
L'autre, sans mouvement, couvert d'affreux lambeaux,
Semble un pâle fantôme assis sur des tombeaux :
Plusieurs brûlent de soif, et leurs lèvres arides
Boivent le sang impur de cadavres livides....
Dans son délire, hélas ! l'un appelle à grands cris
Le jour et ses foyers, et sa femme et ses fils :

L'autre accuse Goffin, l'outrage, l'abandonne :
Goffin lui tend les bras, le plaint et lui pardonne.
En ce suprême instant, pontife, père, époux,
Il bénit des enfants tombés à ses genoux ;
Écoute les erreurs que la foi lui confesse ;
Presse contre son cœur le fils de sa tendresse ;
Ce cœur désespéré revolant vers le jour :
« Mes six enfants, dit-il, objet sacré d'amour,
» Vous irez donc, ô vous ! ma plus chère espérance,
» L'œil en pleurs, mendier le pain de l'indigence » !
Il appelle la mort ; et l'écho de ce bord
De caverne en caverne a répété, *la mort.*

Non, tu ne mourras pas ! un bruit lointain s'avance :
Entends-le traverser l'abîme du silence ;
Vois à pas lents creuser, et s'enfoncer toujours
La sonde voyageuse apportant ses secours.
L'impatient mineur la suit avec audace,
Brave du dernier roc la dernière menace,
Le rompt.... l'air, s'agitant avec un bruit joyeux,
De leur triomphe étonne et l'Enfer et les Cieux.

Savants ingénieurs, magistrats magnanimes,
Comptez ces malheureux dérobés aux abîmes;
Que de vos cœurs émus chaque doux battement
Vous donne un noble prix d'un noble dévoûment.
Mais ne prodiguez pas les secours qu'on envoie:
L'homme, hélas! périt moins de douleur que de joie!
Que leur œil, par degrés, essaie un nouveau jour;
S'abaisse lentement sur tant d'objets d'amour:
C'est un fidèle ami, c'est une tendre mère,
C'est un fils tout baigné des larmes de son père.
Plusieurs, pâles, tremblants, égarés, éperdus,
Sur le gouffre, les yeux et le cœur suspendus,
Cherchent en vain.... et seuls à l'écart ils demeurent,
Et, sur la pierre assis, baissent le front et pleurent.
Goffin, toujours plongé dans ce vivant tombeau,
Comme un tendre pasteur compte son cher troupeau,
Rassemble ses amis, les soutient, les ranime,
Et, le dernier de tous, calme, il sort de l'abîme.
A travers sa fatigue et sa noble sueur,
Dans tous ses traits éclate une mâle grandeur:
Il emporte son fils, ô touchante victoire!

Son fils, premier laurier de sa paisible gloire.
Tandis que tout un peuple, exaltant son bonheur,
Voit déjà sur son sein l'étoile de l'honneur,
Du Pinde voit déjà l'auguste Aréopage
Offrir à ses vertus un immortel hommage,
Modeste, il se dérobe aux regards curieux,
Et, trois fois prosternant son front religieux,
S'humilie, et rend grâce à ce Dieu de clémence,
Qui daigna le choisir pour sauver l'innocence.

LES AMOURS

D'HÉRO ET LÉANDRE,

POEME TRADUIT DE MUSÉE LE GRAMMAIRIEN.

Seconde Édition.

MUSE, redis ces feux confidents de l'Amour,
Cet époux bravant l'onde à la fuite du jour,
Et ces plaisirs cachés à l'immortelle Aurore,
Et Sestos, Abydos, si célèbres encore.

Je vois nager Léandre et briller ce flambeau
Qui, du fils de Vénus interprète nouveau,
Et muet messager d'une flamme secrète,
Prolonge sur les flots sa lumière discrète.
Toi que soumet l'Amour et qui commande aux Dieux,
Jupiter, tu devais placer au front des cieux,
Et nommer ce flambeau l'étoile de Cyprine,
Lui, dont le ministère et la faveur divine
De deux jeunes amants protégeaient les ardeurs
Avant que l'aquilon n'eût soufflé ses fureurs.
Accours à mes accents : Muse, daigne m'apprendre
Le destin de cet astre et la mort de Léandre.

Sur des bords opposés, toujours battus des flots
S'élèvent dans les airs Abydos et Sestos.
Là, courbant sous ses doigts l'arc à la voix sonore,
L'Amour perce d'un trait deux cœurs vierges encore :
Jeune Héro, toi, Léandre, ô mortels pleins d'appas!
Tous deux astres brillants des paternels climats,
C'est vous que de sa main la prodigue Nature
Des plus rares trérors enrichit sans mesure.
Amants, tendres amants, d'un œil religieux

Parcourez en silence et contemplez ces lieux :
Là, l'épouse allumait cet astre tutélaire
Rassurant d'un époux la course solitaire ;
Là, sensible au trépas de deux jeunes amants,
Le flot les plaint encore en longs gémissements.
Ah! versez quelques pleurs sur ces funestes rives
Où Vénus prodigua ses douceurs fugitives.
Mais en quels lieux Léandre, enflammé par l'Amour,
A-t-il pu voir Héro la séduire à son tour?

Consacrée à Vénus, jeune vierge prêtresse,
Héro par ses appas éclipsait la Déesse.
Une tour dont le front s'allongeait dans les cieux,
Magnifique palais de ses nobles aïeux,
Dérobait aux Amours, à leurs perfides armes,
Sa timide pudeur, sa jeunesse et ses charmes.
Elle fuyait ces jeux, ces galants rendez-vous,
Ce cercle de la danse où, d'un regard jaloux,
La beauté toujours voit même une beauté sage
Qui, sans le désirer, captive notre hommage.
Loin de tous les regards, à l'ombre des autels,
La Prêtresse, fuyant l'approche des mortels,

Offrait ses chastes vœux à l'Amour, à sa mère,
Tant son cœur innocent redoutait leur colère.
Vœux que l'Amour, hélas! ne couronne jamais:
Quel cœur peut éviter d'inévitables traits?

Déjà Sestos ouvrait cette pompe sacrée
Au trépas d'Adonis, à Vénus consacrée.
Déjà les habitants des bords les plus lointains
Accourent contempler ces mystères divins.
De Chypre et d'AEmonie ils quittent les rivages,
Cythère en deuil a vu déserter ses bocages;
Le Liban n'entend plus les pas des chœurs errants
Dont la joie égayait ses sommets odorants;
Tous volent vers ces lieux, tous quittent la patrie,
Et la riche Sestos et la molle Phrygie;
La jeunesse surtout vole au temple des Dieux:
La jeunesse chérit ces jours religieux,
Moins pour se recueillir à la pompe des fêtes
Que pour voir mille appas tenter mille conquêtes.

Au sein du temple Héro marche avec majesté;
La pudeur adoucit l'éclat de sa beauté,
Telle Phœbé s'avance, et, timide courrière,

Sous un voile d'argent adoucit sa lumière.
Une chaste rougeur colore son beau teint,
C'est la rose qui s'ouvre au baiser du matin;
Mais on peindra les lis et la pourpre de Flore,
Sans peindre l'incarnat dont Héro se colore.
Vénus, ne vante plus tes orgueilleux appas:
Si trois Grâces sans cesse accompagnent tes pas,
Chaque souris d'Héro fait éclore une Grâce,
Une Grâce toujours a révélé sa trace:
A de plus belles mains jamais les immortels
N'ont confié le soin d'encenser leurs autels.

De mille amants secrets elle reçoit l'hommage:
Tous, oubliant Vénus, adorent son image.
Héro parcourt le temple, et sur ses pas vainqueurs
Entraîne les regards, les esprits et les cœurs;
Tous voudraient dans son sein lancer un trait de flamme;
Therpsis laisse éclater les transports de son âme.

« J'ai vu la fière Sparte, amante des combats,
Où le sexe en luttant trahit tous ses appas,
Mais dans les murs de Sparte, ah! rien, non, rien n'égale

Sa beauté, son souris, sa candeur virginale ;
Une Grâce préside au temple des Amours,
Et mon œil enivré voudrait la voir toujours.
Oh! puissé-je obtenir le prix de ma tendresse !
Puissé-je entre ses bras mourir de mon ivresse !
Grands Dieux ! Je ne veux point régner dans vos palais ;
Un seul jour laissez-moi régner sur tant d'attraits :
Mais Vénus, si jamais ton nœud ne nous rassemble,
Qu'à ta Prêtresse au moins mon épouse ressemble ».
Il exhalait ainsi ses amoureux désirs ;
Ses rivaux dans leur cœur renfermaient leurs soupirs.

Toi, plus à plaindre encor, infortuné Léandre,
En vain contre l'Amour tu voudrais te défendre ;
Un seul moment, hélas! t'a vaincu pour toujours ;
Tu veux la conquérir, même au prix de tes jours,
Et ton œil, s'attachant aux attraits qu'il admire,
Enfonce plus avant le trait qui te déchire.
Non, la flèche n'a point la prompte agilité
Du trait ailé parti des yeux de la beauté ;
Comme la foudre ardente il vole, atteint, enflamme,
Frappe d'abord la vue et se plonge dans l'âme.

L'étonnement, l'espoir, la crainte, la pudeur,
Agitent tour-à-tour et combattent son cœur;
Léandre est immobile, il regarde, il soupire,
Enfin l'Amour l'emporte, et la pudeur expire:
Armé de plus d'audace, et d'un pas moins tremblant,
Il s'approche d'Héro, lance un regard brûlant,
Interprète secret de ses vives alarmes.
Héro d'abord sourit au pouvoir de ses charmes,
Soulève sur son front le lin religieux,
Laisse boire à longs traits le poison de ses yeux,
Et son tendre embarras, ses regards la trahirent:
Ainsi, sans dire un mot, ces amants s'entendirent,
Et Léandre déjà goûte en son cœur charmé
Le suprême bonheur d'aimer et d'être aimé.

Il soupire après l'heure agréable au mystère,
Cette heure où le soleil, n'éclairant plus la terre,
Dans l'Océan se plonge, et d'Hesper, qui le suit,
Permet que la clarté règne aux champs de la nuit.
Les Ténèbres enfin ont déployé leurs ailes;
Plein d'ardeur et guidé par les Amours fidèles,
Il est près de la vierge, il lui presse la main,

Et laisse un long soupir s'exhaler de son sein.
L'amante à ces transports semble ne pas s'attendre;
Sa main tremblante échappe à la main de Léandre,
Et sur lui son œil lance un regard courroucé;
Mais saisissant les plis d'un voile nuancé,
Avec force et douceur, d'une main téméraire
Il l'entraîne captive au fond du sanctuaire;
Héro d'un pas tremblant le suit comme à regret,
Et menace en ces mots son amour indiscret:

« Malheureux étranger, quel est donc ton délire?
Ah! fuis, et porte ailleurs l'audace qui t'inspire;
De mes riches parents évite le courroux,
Et redoute Vénus qui s'arme contre nous.
Pour moi ne peut briller la flamme nuptiale;
Fuis, crains de profaner ma couche virginale ».

Léandre, sois heureux! tu peux tout hasarder:
La beauté qui menace est bien près de céder.
Tu le sais, et déjà tes lèvres enflammées
Effleurent d'un baiser ses lèvres parfumées.

« Oui, c'est Vénus, dis-tu, c'est la reine des Cieux;

C'est le sang le plus pur du souverain des Dieux.
Vierge céleste, heureux l'auteur de ta naissance,
Heureux trois fois le sein qui nourrit ton enfance!
Mais, au nom des parents qui t'ont donné le jour,
Prêtresse de Vénus, sacrifie à l'Amour,
Viens au pied des autels chérir sa loi divine;
Une vierge, crois-moi, ne peut servir Cyprine:
Sa haine aime à punir la froide chasteté,
Et la couche d'Hymen, les Ris, la Volupté,
Voilà par quels témoins ton cœur saura lui plaire
Viens donc, et des Amours si tu chéris la mere,
Son fils à tes faveurs a d'aussi tendres droits.
Reçois le suppliant qu'il enchaîne à tes lois,
Ou plutôt, si tu veux, reçois l'époux fidèle
Qu'il t'amène, percé d'une flèche mortelle.
Comme Mercure, armé de son sceptre vainqueur,
D'Alcide aux pieds d'Omphale abaissa le grand cœur.
Pour moi j'ai de Vénus la volonté puissante;
Tu sais qu'elle dompta la superbe Atalante
Qui de Milanion dédaignait la beauté.
Vénus brisant enfin une injuste fierté,
Atalante sentit son âme consumée

Brûler de cette ardeur qu'elle avait allumée.
Rends-toi donc, chère amante, ah ! ne résiste plus,
On tremble d'éveiller le courroux de Vénus.

O quelle femme écoute avec indifférence
La voix que passionne une tendre éloquence !
Héro baisse les yeux, la naïve pudeur
Colore son beau front d'une aimable rougeur ;
Interdite, sans voix, de sa riche parure
Voilant tous les trésors dont l'orna la nature,
Tremblante, elle gardait un silence charmant,
Aveu le plus certain du bonheur d'un amant.

Héro, sans le vouloir, a partagé sa flamme ;
Un trait amer et doux se glisse dans son âme.
Tandis que vers la terre elle baisse les yeux,
Son amant la parcourt d'un regard curieux,
Et ne se lasse point d'admirer tant de charmes;
La vierge, rougissant, lui dit, les yeux en larmes :

« Trop séduisant mortel qui m'oses approcher,
Ta voix amollirait le plus âpre rocher :

Dis, quel Dieu t'enseigna la trompeuse éloquence ?
Quel sort cruel et doux t'amène en ma présence ?
Mais tes discours touchants m'attendriraient en vain ;
Un étranger, sans titre, aspirer à ma main !
Ah ! tremble de former ce nœud illégitime ;
Le courroux de mon père accablerait ton crime.
Si Vénus en secret te nommait mon époux,
Pourrions-nous éviter tant de regards jaloux ?
La langue des mortels, exercée à médire,
Des larcins de l'Amour ardente à vous instruire,
Accroît encor l'erreur qu'elle révèle au jour.
Mais dis, quel est ton nom, tes parents, ton séjour ?
Moi, je m'appelle Héro, ma famille est connue ;
Cette tour, qui des flots s'élance dans la nue,
Est la triste demeure où, loin de mes parents,
Seule, au sein des regrets, se perdent mes beaux ans ;
Et je ne vois, hélas ! que les liquides plages,
Et les murs de Sestos et de tristes rivages.
Pour toujours arrachée à d'innocents plaisirs,
Dans mon cœur étouffant jusqu'aux moindres désirs,
Je n'entends jour et nuit que cette mer profonde,
Où siffle l'aquilon, où le flot au loin gronde ».

De son voile, à ces mots, elle couvre ses yeux,
Rougit encor, et craint d'avoir trahi ses feux.

Poursuivi par le trait qui toujours le dévore,
Léandre veut dompter la vierge qu'il adore.
Si l'Amour aux mortels aime à donner des fers,
Il leur prête du moins son langage pervers;
Ce superbe tyran, vainqueur de la nature,
Qui s'amuse à blesser, à guérir sa blessure,
Au malheureux Léandre, implorant son secours,
Inspire son audace et prête ce discours :

« Ah ! je verrais en vain s'avancer la tempête,
Et la foudre en éclats se briser sur ma tête,
Jeune vierge, pour toi j'affronterais les mers,
Pour toi je lutterais dans leurs vastes déserts
Contre une onde en fureur et de feux bouillonnante;
Non, non, pour arriver au lit de mon amante,
Je ne craindrai jamais ni les flots écumants,
Ni des vents courroucés les longs rugissements.
Abydos m'a vu naître à ce prochain rivage,
Mais dans le sein des nuits mon bras peut à la nage

Dompter de l'Hellespont le rapide courant.
Qu'en tes mains un flambeau, mon fidèle garant,
De la profonde nuit ouvrant le sombre voile,
Au vaisseau de l'Amour serve d'heureuse étoile;
Et mon œil, oubliant tous ces feux radieux,
Dont la splendeur éclate à la voûte des cieux,
Fixera le seul astre, ami de ma tendresse,
Qui me conduit au port où règne ma maîtresse.
Mais crains un vent fougueux, fatal à notre amour:
S'il m'enlève mon guide, il m'enlève le jour.
Tu veux savoir mon nom, on m'appelle Léandre,
Et l'Amour à ton cœur me permet de prétendre ».

Ainsi fut résolu cet hymen courageux,
Que l'astre de Vénus servira de ses feux;
L'un doit le présenter au sein des nuits profondes,
L'autre s'élancera sur l'abîme des ondes:
Un baiser est le sceau de ce secret traité
Que la Déesse, hélas! vit d'un œil irrité.
Héro quitte ces lieux; son amant à la nage,
De l'antique Abydos regagnant le rivage,
Observe les abords de cette heureuse tour

Qui doivent le conduire au port de son amour.
Oh! comme leurs désirs, leur pressante prière
Conjurent le soleil d'achever sa carrière.

La nuit se couvre enfin de ses voiles charmants;
Tout s'endort dans le monde, excepté deux amants.
Seul et silencieux au bord bruyant de l'onde,
Immobile, attendant l'astre qui le seconde,
Léandre cherche au loin le dangereux fanal,
Des larcins de l'Amour trop funeste signal.
Héro le montre enfin : le rayon de lumière
Part, étincelle, arrive au bout de la carrière,
Et ses feux de Léandre doublent encor l'ardeur.
Mais du gouffre des mers la sombre profondeur
A fait pâlir son front, reculer son audace,
Cependant de Neptune affrontant la menace :

« L'Amour est indomptable et la mer en fureur ;
Mais craignons moins les eaux que les feux de mon cœur ;
Oui, mon cœur, ne crains rien, brave l'onde rebelle,
Et vogue avec l'espoir où le plaisir t'appelle ;
Léandre, souviens-toi que, née au sein des flots,
Vénus peut les dompter et calmera tes maux ».

Il dit, dépouille alors sa brillante parure,
Autour d'un cou d'albâtre en forme une ceinture,
Et d'un rapide essor, voguant vers le flambeau,
Lui-même est le rameur, la voile et le vaisseau.
Si des vents la prêtresse a vu la froide haleine
Courber et menacer sa lumière incertaine,
L'ivoire de ses mains d'un voile transparent
La couvre, et tout-à-coup la découvre en tremblant.
Mais Léandre des flots enchaîne enfin la rage,
De fatigue accablé touche l'heureux rivage:
En silence, la vierge aux portes de la tour
L'accueille, et couronnant du baiser de l'amour
L'époux dont le courage a conquis sa maîtresse,
De son cœur presse un cœur qui tressaille d'ivresse;
Vers la couche d'Hymen tous deux guident leurs pas.
O soins touchants et doux! de ses doigts délicats
Elle essuie un beau sein que l'eau des mers arrose,
S'empresse à le couvrir du parfum de la rose,
Et laissant sa pudeur mourir avec le jour,
Tremblante encor, se livre aux désirs de l'Amour.

« Oui, c'est assez souffrir; oui, c'est assez d'obstacles.
Quoi! pour moi ton amour, si fécond en miracles,

Brave les vents, la nuit et les flots écumants!
Ah! viens te reposer dans mes embrassements ».
L'époux s'empare alors de sa craintive proie,
Qui jette un dernier cri de douleur et de joie.
Illégitime amour! sans pompe, sans apprêts,
Les chants ne vantent point vos triomphes secrets,
Et la danse légère et les feux d'hyménée
N'ouvrent point aux époux la couche fortunée.
Ils n'ont point recueilli sur leurs cœurs triomphants
Les pleurs dont une mère embellit ses enfants.
Le Mystère en silence à l'Hymen les présente,
De son voile la nuit orne seule l'amante,
Et jamais Apollon, montrant son front au jour,
Ne surprit ces époux dans les bras de l'Amour.
S'éloignant à regret d'une épouse chérie,
Léandre regagnait les murs de sa patrie;
Héro cachait un cœur que Vénus a séduit;
Chaste vierge le jour, tendre épouse la nuit,
Et de tous deux souvent la fidèle prière
Implorait de Phébé l'amoureuse lumière.

Enivrés, ils goûtaient les plaisirs de l'amour,
Sûrs de les dérober à la clarté du jour.

O plaisirs fugitifs ! ô bonheur trop rapide !
Pourquoi dépendez-vous d'un élément perfide ?
Déjà le triste hiver ramène sur ses pas
Les autans, la tempête et les sombres frimas ;
Déjà les aquilons combattent avec l'onde,
L'arrachent en fureur de sa prison profonde ;
Elle écume, bondit, et le flot menaçant
Bat la rive tremblante et roule en mugissant.
Le prudent nautonnier quitte l'humide empire,
Et cache au fond du port son timide navire.
Toi, Léandre, toujours amant plus courageux,
Tu ne crains pas le bruit de ces flots orageux ;
Et, tournant tes regards vers ton funeste guide,
Tu cherches le rivage où ta Nymphe préside.
Mais pourquoi donc, pourquoi, trop malheureuse Héro,
Faire briller encor l'homicide flambeau ?
Ah ! vois-tu ton époux marcher sur la tempête,
Et ce foudre irrité prêt à frapper sa tête ?
Tremble : ta main, hélas ! tient, complice du sort,
Non, le flambeau d'Hymen, mais l'astre de la Mort.

Il était nuit : alors les vagues confondues

Sur les ailes des Vents, dans les airs suspendues,
Retombent dans le gouffre ébranlé sous leur poids.
L'amant voit le danger ; indocile à sa voix,
Il nage, impatient de revoir son amante ;
Mais il est repoussé par l'affreuse tourmente ;
Éole est en fureur ; ses terribles enfants
De leur triple prison s'échappent triomphants,
Et les vagues, en proie à leur rage indomptable,
Retentissent au loin d'un bruit épouvantable.

Assailli par les flots, ne leur résistant plus,
Léandre invoque Éole et Neptune et Vénus ;
Vœux impuissants, hélas ! l'Amour, l'Amour barbare,
Se plaît à le plonger au gouffre du Ténare.

Tantôt il est lancé sur la cime des flots,
Tantôt il roule au fond de l'abîme des eaux,
Et ses pieds sont privés de leurs ressorts utiles,
Et ses bras étendus demeurent immobiles.
Il faut enfin céder : les vagues de la mer
Ont inondé son sein de leur poison amer,
Et l'aquilon, soufflant son étoile ennemie,
Du même souffle éteint son amour et sa vie.

L'amante, l'œil ouvert, sur les flots égaré,
Des plus cruels soupçons tout le cœur dévoré,
Immobile, attendant le retour de l'aurore,
D'un vain espoir cherchait à se flatter encore.
Mais quel spectacle affreux! Ciel! au pied de la tour
Elle voit étendu l'objet de son amour.
C'est lui-même! grands Dieux! sa dépouille flottante
Est le triste jouet de la vague inconstante.
A cet horrible aspect elle tombe, et soudain
Arrache sa parure, ensanglante son sein;
Sombre, pâle, mourante, un moment se ranime,
Pousse un grand cri, se jette au fond du noir abîme.
Sur le sein de Léandre elle vient expirer,
Et même le trépas n'a pu les séparer.

FIN.

OUVRAGES

DE Mr C. L. MOLLEVAUT.

SALLUSTE, - *Traduction.*

L'Énéide, - *Traduction en prose.*

Tibulle, - *Traduction en vers.*

Poésies de Catulle, - *Traduction en vers.*

Élégies de Properce, - *Traduction en vers.* (Paraîtra en 1814.)

Recueil de Poésies.

www.ingramcontent.com/pod-product-compliance
Ingram Content Group UK Ltd.
Pitfield, Milton Keynes, MK11 3LW, UK
UKHW021053260726
13994UKWH00002B/526